BORGO SUD

Née en 1963 dans un village des Abruzzes, Donatella Di Pietrantonio a publié deux romans très remarqués avant *Celle qui est revenue*, immense succès public et critique en Italie, récompensé par le prestigieux prix Campiello en 2017. *Borgo Sud* est son quatrième roman. Son nouveau livre, *L'Âge fragile*, a été récompensé par le prix Strega 2024.

Paru au Livre de Poche :

Celle qui est revenue

DONATELLA DI PIETRANTONIO

Borgo Sud

ROMAN TRADUIT DE L'ITALIEN PAR LAURA BRIGNON

ALBIN MICHEL

Titre original :
BORGO SUD

Cette traduction est publiée avec le soutien du Centre pour le livre et la lecture du ministère italien de la Culture.

Ce livre est une œuvre de fiction. Toutes les références à des lieux, des événements et des personnes reposent sur les lois libres de l'imagination.

À des fins narratives, de légères modifications ont été apportées à la topographie de Pescara et à la chronologie de quelques faits.

ISBN : 978-2-253-25238-2 – 1re publication LGF

À Paolo,
pour la force que tu ignorais avoir.

« Quand je me mariai, j'avais vingt-cinq ans.
J'avais longtemps désiré me marier
et j'avais souvent pensé,
avec une mélancolie découragée,
qu'il y avait peu de chances que cela m'arrive. »

Natalia GINZBURG, *Mon mari*

1

La pluie s'est déversée sur la fête sans coup de tonnerre annonciateur, aucun invité n'avait vu les nuages s'amonceler au-dessus des collines couvertes de bois noirs. Nous étions assis autour de la longue table sur la pelouse quand l'eau a commencé à nous frapper. Nous mangions des spaghettis *alla chitarra*, les bouteilles étaient déjà à moitié vides. La couronne de laurier que Piero avait enlevée après les photographies embaumait au milieu de la nappe brodée. Aux premières gouttes, il a regardé le ciel, puis moi, qui étais à côté de lui. Il avait retiré sa veste et sa cravate, déboutonné le col de sa chemise et retroussé ses manches jusqu'aux coudes : sa peau respirait la santé, la splendeur. Il n'avait pas beaucoup dormi, et moi non plus, juste un peu vers le matin. Au réveil, il m'avait fallu quelques instants pour me rappeler qui j'étais, qui j'aimais, et qu'une journée heureuse débutait.

Piero m'a regardée, étonné par l'averse. Un grêlon est tombé dans son verre de vin. Certains invités mâchaient encore, hésitants sur l'attitude à tenir. Ma sœur avait déjà bondi sur ses pieds, elle récupérait les assiettes ovales avec les restes de pâtes, les corbeilles de pain, et les mettait à l'abri dans la cuisine au rez-de-chaussée. Nous nous sommes réfugiés sous un hangar, tandis qu'Adriana continuait à aller et venir en courant sous les rafales. Peu coutumière du gaspillage, elle disputait la nourriture à l'orage.

Je m'étais avancée pour la débarrasser des derniers plateaux quand un morceau de gouttière m'est tombé dessus. De ma joue blessée, le sang a coulé sur ma poitrine, se mêlant à l'eau de pluie. J'avais mis une robe blanche pour l'occasion. Elle m'allait bien, m'avait dit Adriana le matin, c'était une sorte d'essai avant la robe de mariée. Nous étions arrivées en avance, pour aider aux préparatifs. Par la fenêtre, j'avais vu le vol bas et silencieux des hirondelles, elles sentaient la pluie. La mère de Piero, elle, ne s'y attendait pas, elle avait insisté pour qu'il fête son diplôme à leur maison de campagne.

J'ai conservé une photographie de nous deux échangeant un regard amoureux, Piero porte sa couronne de laurier, ses yeux sont pleins de dévouement. Dans un coin, on voit Adriana, elle est entrée dans le champ à la dernière seconde : son image est floue, ses cheveux forment un halo brun. Elle n'a jamais été discrète, elle s'est toujours mêlée de mes affaires comme si c'étaient aussi les siennes, Piero compris. Pour elle, il était un peu comme un frère, mais gentil. Ma sœur riait, insouciante, devant l'objectif, sans savoir ce que nous aurions à vivre. J'ai emporté cette photo pour mon voyage : nous sommes trois jeunes gens enfermés dans une poche intérieure de mon sac.

Des années après, Adriana et moi avons retrouvé cette robe parmi les vêtements que je ne portais plus, une légère auréole de sang était restée sur le tissu.

« C'était un signe », a-t-elle déclaré en l'agitant devant mes yeux.

2

Je n'arrive pas à dormir, dans cette chambre d'hôtel. L'épuisement prend le dessus, puis je sursaute, j'écarquille les yeux dans le noir. Beaucoup de temps a passé depuis ce jour-là, et la fête pour le diplôme de Piero est un souvenir trompeur, ou un rêve morcelé. Je ne pourrai peut-être plus rétablir la vérité sur rien, après l'appel que j'ai reçu hier. La lumière tamisée du couloir filtre sous la porte, un bruit de pas feutré. D'autres souvenirs se pressent, dans le désordre. La mémoire choisit ses cartes dans le jeu, les échange, elle triche parfois.

J'ai voyagé toute la journée, à bord de différents trains, écoutant les annonces aux haut-parleurs, d'abord en français puis en italien. Les noms des gares les plus petites, où le train ne s'arrêtait pas, défilaient en un éclair, je n'ai pas réussi à tous les lire. Dans l'après-midi, la mer a soudain rempli la fenêtre, l'Adriatique ridée, par moments si proche de la voie ferrée. En traversant les Marches, j'ai de nouveau eu l'illusion d'optique qui fait voir les immeubles penchés vers la plage, comme attirés par l'eau. Adriana ne sait pas que je suis arrivée. J'irai la voir demain, mais pas à Borgo Sud.

À l'hôtel, on m'a demandé si je voulais manger, j'ai répondu que j'étais trop fatiguée pour descendre prendre le dîner. Les Abruzzes, douces et vigoureuses, ont frappé à ma porte alors que je regardais les informations et, par l'entremise d'une jeune fille blonde, elles m'ont apporté des biscuits et du lait chaud, que je n'ai pas sucré, son goût l'était naturellement. La saveur oubliée de la première nourriture. Je l'ai siroté lentement, je n'espérais pas en tirer tout ce réconfort. Christophe dit que le lait n'est pas bon pour les adultes, que seul l'homme est assez stupide pour continuer à en boire après son sevrage. Mais par la suite, je l'ai vu sortir de chez lui la main plongée dans un paquet de chips. C'est mon voisin de palier français, il travaille au synchrotron de Grenoble. Nous partageons un chat et l'arrosage des quelques plantes qui vivent entre nos portes. Je lui ai laissé un mot avant de partir, ces jours-ci il devra s'en occuper seul.

Piero, lui, aimait bien en boire de temps en temps quand il rentrait tard le soir : « Je prends juste du lait et des biscuits. »

Nous en avions de toutes sortes pour le petit déjeuner. Il les trempait un à un dans sa tasse en les tenant entre son pouce et son index, et il me racontait sa journée.

L'appartement où nous nous sommes installés après notre mariage n'est pas loin d'ici. J'énumère dans ma tête les transversales qui séparent cette rue de la via Zara. Je garde un souvenir si précis de notre appartement qu'aujourd'hui encore je pourrais dresser la liste de chacun de ses détails : le carreau fêlé dans la salle de bains, qui émettait un son sourd quand on marchait dessus, les évolutions de la lumière sur les murs pendant le jour. Notre premier réveil était un petit coup sec sur la fenêtre quand le soleil l'atteignait, une dilatation soudaine du verre. Piero se tournait, protestait contre l'obligation de se lever. Nous respirions un air toujours un peu bleuté, qui entrait par la terrasse donnant sur la mer : elle s'évaporait dans notre appartement.

Ici, on ne sent pas cette odeur iodée, et on entend à peine le bruit des vagues, dehors.

Cette nuit-là, je ne dormais pas non plus, dans notre lit trop grand. C'était notre troisième été là-bas, les meubles avaient perdu leur odeur de neuf et les brûleurs de la gazinière leur éclat. Piero était au chevet de son père à l'hôpital. À l'heure la plus sombre, avant l'aube, une personne a frénétiquement écrasé notre sonnette. Elle a crié son prénom, en un clin d'œil elle était à notre étage, j'entendais ses pas nerveux de l'autre côté de la porte, son halètement. J'ai un peu tardé à tourner la clé dans la serrure, elle pestait contre moi. Je ne l'avais pas vue depuis plus d'un an : ma sœur.

Inséparables dans notre jeunesse, nous avions ensuite appris à nous perdre. Elle était capable de me laisser sans nouvelles d'elle pendant des mois, mais jamais aussi longtemps. On l'aurait dite mue par un instinct nomade, quand un endroit ne lui convenait plus, elle le quittait. Notre mère lui disait : « T'es une bohémienne. » Plus tard, je le suis devenue moi aussi, autrement.

Elle est entrée en trombe, a refermé la porte derrière elle en la poussant du pied. Une de ses sandales est tombée et restée par terre, à l'envers. L'enfant dormait dans ses bras, ses jambes nues abandonnées le long des hanches maigres d'Adriana, sa tête calée sous son menton. C'était son fils, et je n'étais pas au courant de son existence.

Je n'imaginais pas la révolution qui s'annonçait, si je l'avais anticipée je les aurais peut-être laissés à la porte. Adriana se prenait pour un ange armé d'une épée, mais c'était un ange distrait, et il lui arrivait de blesser par inadvertance. Si elle n'avait pas débarqué, peut-être que rien de ce qui a suivi ne se serait produit.

Notre dernière entrevue s'était achevée sur une dispute, quelques semaines après j'avais essayé de la joindre sans y parvenir. J'attendais qu'elle se manifeste. Aucune de nos connaissances communes ne l'avait revue en ville, mais de temps en temps elle envoyait des cartes postales à nos parents, au village. Ils me les montraient quand je leur rendais visite : port de Pescara, Pescara by night. Affectueuses pensées de votre fille, et sa signature tout en arabesques. Elle savait que je les lirais, elles m'étaient destinées : la preuve qu'elle était vivante et qu'elle n'était pas loin.

Elle s'est manifestée à trois heures du matin, un jour de juin. Je ne sais pas combien de temps j'aurais pu rester plantée là, silencieuse, à les regarder. De dos, l'enfant ressemblait à un gros poupon, de ceux que sa mère n'avait jamais eus, petite.

Je peinais à la reconnaître, elle portait un chapeau

de paille informe et effiloché, au large bord orné de fleurs en plastique délavées. Par contre, en dessous, ces yeux étaient bien les siens, lumineux et perçants, juste un peu plus écarquillés que d'habitude, comme quand elle avait peur.

Elle m'a demandé des nouvelles de Piero, je lui ai dit où il était. Puis elle a perdu patience parce que nous restions debout dans l'entrée, et m'a presque traversée. Elle n'avait pas oublié cet appartement où elle n'était que rarement venue, et s'est dirigée avec assurance vers la chambre à coucher. Elle a posé l'enfant sur le lit, l'a couvert avec le drap et s'est laissée tomber à côté de lui. J'étais devant elle et elle ne disait rien, son visage moite entre ses mains, les coudes sur les genoux. À ses pieds, le sac qu'elle avait fait glisser de son épaule.

« Qu'est-ce qu'il s'est passé ? » ai-je essayé de lui demander.

Au lieu de répondre, elle est allée vers la fenêtre pour cacher ses larmes. Elle tremblait un peu, ses omoplates pointaient sous sa chemise de nuit que j'avais prise pour une robe d'été. La bordure de son chapeau a cogné contre la vitre, il est tombé. Au-dessus de son oreille droite, un coup de ciseaux avait coupé net une mèche de ses cheveux qui lui arrivaient aux épaules, comme dans un jeu à la coiffeuse qui aurait mal tourné. Elle a aussitôt couvert cette irrégularité, sans prêter attention à mon air stupéfait. Dans un léger bruissement, l'enfant a repoussé le drap et s'est tourné vers la lampe allumée. Joufflu, les virgules humides de sa courte frange collées à son front, il dormait dans la position qui avait été la sienne dans le ventre de sa mère.

« Comment il s'appelle ? ai-je chuchoté.

— Vincenzo », a répondu Adriana depuis la fenêtre.

Je me suis agenouillée à côté du lit, j'ai humé mon neveu. Il sentait le propre, et sa tête le pain tiède. J'ai hasardé une caresse, l'effleurant à peine.

« Il faut que tu nous héberges pendant quelque temps », a dit Adriana.

Son ton grave m'a plus effrayée que sa demande.

« J'en parlerai à Piero.

— Piero est gentil, il acceptera. Mais peut-être que toi tu veux pas », et elle s'est de nouveau tournée pour regarder dehors, les cônes de lumière blanche des réverbères.

Je l'ai laissée là et je suis allée faire bouillir de l'eau dans la cuisine. Elle s'est rebiffée devant la tasse de camomille fumante, mais elle a fini par souffler dessus pour la refroidir, et l'a bue comme un sirop amer, à petites gorgées bruyantes suivies d'une grimace de dégoût.

L'enfant a poussé un petit gémissement, il a par réflexe ouvert ses mains en éventail, mais il ne s'est pas réveillé.

« Vous êtes en danger ? lui ai-je demandé.

— Pas ici », a-t-elle répondu, pensive.

Après, elle est allée aux toilettes, un pied nu, l'autre dans sa sandale. Je me suis approchée de Vincenzo à la recherche de ressemblances, mais dans son sommeil c'était difficile, seule sa bouche un peu mutine rappelait sa mère. Et la ligne de son nez évoquait l'autre Vincenzo, son oncle qu'il ne connaîtrait pas.

Au fil du temps, cette ressemblance s'est accentuée, dans son visage, dans sa démarche et sa manière de rire, la tête renversée en arrière. Quand sa mère l'emmenait au village, sur la place les gens s'arrêtaient pour le regarder, lui si semblable à celui qui n'était plus. Il a aussi la même détermination, mais mon neveu sait qu'en faire. À six ans, il se concentrait pendant des heures sur les briques Lego : il construisait des bateaux auxquels il ne manquait pas un détail. Aujourd'hui, il veut être ingénieur naval.

« T'as intérêt à bûcher sinon t'auras affaire à moi », le menace parfois sa mère, mais c'est inutile.

Adriana a su élever un garçon différent de notre frère, différent d'elle aussi, d'ailleurs.

Le prénom de l'enfant m'a impressionnée, cette nuit-là. Par la suite, il a sonné de plus en plus juste chaque fois que je me le suis répété. Vincenzo, trois syllabes à la fois fraîches et archaïques. Adriana a lié son fils à une histoire d'affliction et de miracles, de morts et de survies : l'histoire nue de notre famille. Ce Vincenzo-là me paraît plus fort que l'adversité, même maintenant je parie sur son avenir.

3

Hier, on m'a appelée au secrétariat en fin de matinée, pendant mon cours. L'heure était bientôt finie, nous parlions de Francesco Biamonti. *Les Paroles la nuit* est un des romans que j'ai choisis pour ce semestre, il n'est pas évident pour mes étudiants, mais ils se sont passionnés. J'ai voulu mettre à l'épreuve leur compréhension de l'italien et quelques certitudes sur leur propre pays.

Alain était frappé par les « silences inquiets » du protagoniste et par le paysage, les Alpes maritimes qui innervent le récit de la première à la dernière page.

« Comme une ponctuation, a-t-il dit.

— On a l'impression d'être en Ligurie nous aussi, a ajouté la petite brune du deuxième rang.

— Après tout, elle n'est pas bien loin, juste de l'autre côté de la frontière, un peu plus au sud », et j'ai fait un geste vers la fenêtre.

Luc se tortillait sur sa chaise, se préparant à intervenir. Il a souhaité lire une phrase qui avait blessé son orgueil patriotique : « De temps en temps, quelqu'un prend la France dans ses bras, la montre au monde, faisant croire qu'elle est vivante, alors qu'elle est morte. »

Je l'ai devancé : « Faut-il toujours rejeter les regards critiques ou peuvent-ils nous servir à comprendre ce qu'on ne voit pas de nous ? »

Au bureau, un appel de l'Italie m'attendait, urgent. On avait essayé de me joindre sur mon portable, mais il était éteint, m'a dit la secrétaire en couvrant le combiné de sa main. Juste avant de le prendre, j'ai imaginé des accidents possibles, pas celui-là. Pas celui-ci, qui me tient éveillée dans la chambre 405. Quelqu'un rentre dans la chambre voisine, j'entends la porte, et un jet d'urine dans les toilettes de l'autre côté du mur.

Je n'ai pas reconnu la voix à l'autre bout du fil, et le dialecte de Pescara m'a paru si irréel, au début.

« Faut que tu reviennes ici de suite… » Le reste était un bredouillement nerveux, confus.

L'appel a été court, j'ai dit que je me mettrais en route le lendemain matin, si je trouvais une place dans un train. Quand j'ai raccroché, je suffoquais, j'ai accepté la chaise que la secrétaire a approchée. Je me suis souvenue des exercices de respiration que Piero m'avait appris la première fois que nous avions gravi ensemble le Gran Sasso. Nous avions emprunté la voie Direttissima, par une journée si limpide que la montagne était une basilique aveuglante devant nos yeux. Dans un passage périlleux, j'avais regardé le vide en dessous de nous, c'était une mort si facile, il suffisait de lâcher la paroi. Incapable de poursuivre, je tremblais, cramponnée à la pierre.

Assise dans le secrétariat de l'université de Grenoble, j'ai répété cette respiration diaphragmatique, retrouvé le contrôle. On m'a tendu de l'eau, je l'ai bue. Tout un passé me tirait en arrière, comme un ressort tendu qui se relâche soudainement pour regagner sa position initiale.

Me voilà ici. Un sifflement mécanique me parvient de l'extérieur, vers le port, amplifié par la nuit. Il s'interrompt à intervalles réguliers, et le silence n'en est que plus lourd. Est-ce qu'Adriana entend ce sifflement, et ce silence ? Je la verrai demain. Demain, c'est aujourd'hui : 01 : 01 indique ma montre en chiffres phosphorescents, l'heure miroir.

Elle ne s'est pas rendormie elle non plus, la nuit de son arrivée chez moi. Le matin, elle m'attendait dans la salle de bains, assise sur le bord de la baignoire, une serviette sur les épaules, les cheveux lavés.

« Allez, je veux pas que Piero me voie comme ça », a-t-elle dit en me tendant les ciseaux.

J'ai protesté, je n'en étais pas capable, il fallait qu'elle aille chez le coiffeur.

« Non, j'ai honte. C'est pas difficile, suffit de tous les couper au même niveau », et elle a touché ses cheveux au-dessus de son oreille.

Elle les a lissés à la brosse, pour me faciliter la tâche. J'ai commencé, les ciseaux inadéquats dans une main, ses mèches une à une entre les doigts de l'autre. Elles tombaient avec des bruits légers sur ses jambes, sur le fond de la baignoire, sur le sol. Adriana s'était calmée, elle n'avait plus les muscles contractés, les mâchoires serrées.

« Tu viens d'où ? ai-je hasardé.

— D'un endroit que tu connais pas. » Elle a chassé

les cheveux tombés sur la pointe de son nez. « Me retourne pas la tête avec tes questions, coupe et tais-toi. » Elle a bâillé, ses os ont craqué. « Faut que tu me passes quelque chose à me mettre, j'ai débarqué sans rien. » Elle a eu un petit rire en tirant sur sa chemise de nuit.

« Et Vincenzo ? lui ai-je demandé.

— Pas besoin de lait, je l'allaite encore. Les trucs les plus urgents, tu iras lui acheter après.

— Moi ?

— Toi. Moi, c'est mieux que je me montre pas pendant un temps », et elle a fermé la bouche d'une manière qui n'invitait pas à insister.

Une fois l'opération terminée, elle s'est séché les cheveux, et la vue du résultat nous a dépitées : ils semblaient avoir été coupés à coups de dents, et elle avait un air maladif, avec ses cernes profonds et livides. Elle ne s'est pas énervée, elle m'a seulement demandé le rasoir électrique de Piero et l'a passé sur son crâne sans se presser, tournant le cou pour faciliter le travail de sa main.

« Et voilà, nouveau départ », a-t-elle dit en se jetant un regard presque satisfait dans le miroir.

Elle semblait soudain si jeune, aussi vulnérable qu'un œuf. Elle avait vingt-sept ans, mais on avait envie de la protéger, de caresser sa tête rugueuse et parfaite, qui contrastait avec son visage sauvage. Je l'ai effleurée pendant un moment de la pointe de mes doigts et elle ne s'est pas dérobée, alors j'ai ouvert grand ma main comme pour la contenir dans une caresse immobile, après tout ce temps.

Puis nous sommes allées dans la chambre, voir Vincenzo. Adriana avait mis deux oreillers sur le bord du lit, pour l'empêcher de tomber. De l'autre côté, Piero dormait tout habillé sur les draps, tourné vers l'enfant, un bras léger posé sur son corps menu. Par la fenêtre, la lumière de l'aube sur eux, encore grise, et les bruits de la ville au réveil, la tournée des camions-poubelles. Adriana n'a pas pu retenir un cri de surprise et Piero a ouvert les yeux sans bouger.

« Alors celle-là, je ne l'attendais pas de toi », lui a-t-il dit en indiquant l'enfant.

Il était rentré en silence et avait entendu nos voix dans la salle de bains. Le temps de comprendre, et il s'était couché à côté de la nouveauté. Il s'est étiré, jusqu'à ses pieds bronzés.

Dans la cuisine, il a plaisanté avec Adriana sur sa nouvelle coiffure et m'a interceptée en me prenant le poignet alors que j'allumais le gaz sous la cafetière. De près, il sentait un peu l'hôpital, il était revenu à la maison imprégné de désinfectant et de chagrin. Je lui ai demandé comment allait son père, il m'a rassurée.

« Mets le couvert dans la salle à manger, c'est la fête ce matin », a-t-il dit en sortant. Sa mère l'avait habitué ainsi et ainsi j'ai fait pour l'occasion : serviettes des Flandres, service de tasses en porcelaine et petites cuillères en argent, reçus en cadeaux de mariage. Je les disposais en pensant à Adriana que j'entendais s'activer dans la pièce à côté, à son enfant entré depuis quelques heures dans ma vie. Un avenir bien différent de celui que j'imaginais venait tout juste de se présenter.

« Voilà ta tatie », m'a-t-elle présentée quand Vincenzo s'est réveillé.

Elle voulait que je le prenne dans mes bras, mais il a fait une moue laissant présager les larmes et j'ai reculé. Il regardait autour de lui de ses yeux vifs et très sombres. Il plissait un instant son front, grimaçant, puis se détendait aussitôt après, rassuré par le contact avec sa mère. Il touchait sa tête rasée, curieux. Adriana l'a changé, elle avait des couches dans son sac, puis elle a déboutonné sa chemise de nuit et lui a donné le sein, assise sur mon lit. Vincenzo a tété jusqu'à satiété, bougeant parfois sa main sur la peau veinée de bleu. Je n'arrivais pas à croire que ma sœur, si maigre, pût produire tout ce lait : du coin de la bouche de l'enfant, un filet coulait jusqu'à son cou. Par des regards en biais, il vérifiait que je me tenais à une distance de sécurité. Il avait déjà neuf mois.

Piero est revenu avec des fleurs des champs trouvées au marché du quartier et des croissants encore chauds achetés à la pâtisserie Renzi. Adriana en a immédiatement raflé un, et en a arraché la moitié d'un seul coup de dents.

« Une vraie table de riches », a-t-elle commenté en mettant le bouquet dans un vase.

L'enfant avait laissé son oncle le prendre dans ses bras et lui souriait comme si leur court sommeil partagé les avait familiarisés l'un avec l'autre. J'ai apporté la cafetière de la cuisine, les dernières gouttes de café sortaient en gargouillant. Nous nous sommes assis, Vincenzo dans les bras de Piero, Adriana à côté. Elle a donné la fin de son croissant à son fils. Nous ressemblions à une famille heureuse de prendre le petit déjeuner ensemble.

Quelqu'un a frappé à la porte, plusieurs fois. Adriana s'est levée brusquement en heurtant un pied de la table, et la cafetière a vacillé. Je l'ai rattrapée au vol et me suis brûlé la main. Elle a filé dans la salle de bains, oubliant Vincenzo.

Du linge de la voisine du dessus était tombé sur notre balcon. Elle ne savait pas que nous avions un neveu, quel beau bébé, est-ce que sa maman était là ? oui, elle était à la salle de bains. Maintenant nous allions avoir envie d'en faire un nous aussi, a-t-elle dit, et elle a pris une main de l'enfant pour l'agiter dans un mouvement joyeux. Pour Vincenzo, c'en était trop, sa mère subitement disparue, cette inconnue penchée sur lui qui le touchait : il s'est mis à pleurer, doucement au début, puis de toute la force de sa petite voix. Cela n'a pas suffi à faire sortir Adriana de sa cachette, ou alors elle ne l'entendait pas, recroquevillée dans un coin comme certaines fois chez nous au village, les mains pressées sur les oreilles. Je l'ai appelée et elle n'a pas répondu, j'ai secoué la poignée, j'ai tapé sur la porte. Je n'avais cure de la voisine. Ma sœur m'a toujours fait cet effet, elle a ce pouvoir de faire jaillir en moi des élans de tendresse infinie ou de colère irrépressible.

« Adriana, sors de là et récupère ton fils ! » lui ai-je crié.

J'ai attendu une réaction qui n'est pas venue.

Je suis retournée dans la salle à manger et j'ai rendu son linge à la voisine, devenue muette, en la saluant précipitamment. Pendant ce temps, Piero essayait de calmer Vincenzo en lui montrant quelque chose afin de le distraire : les vagues, si proches de la fenêtre ouverte sur la mer, un bateau qui oscillait sur les flots, mais le regard de l'enfant ne portait pas si loin. Tout ce qu'il voulait, c'était sa mère. Dès que j'ai refermé la porte d'entrée, Adriana est sortie de la salle de bains avec un air dégagé, elle a repris son fils qui lui tendait les bras et les pleurs se sont arrêtés comme si elle avait appuyé sur un interrupteur secret.

« Tu te crois gentille, mais t'es pourrie en dedans », m'a-t-elle lancé avant de se rasseoir à table pour finir son petit déjeuner.

Piero et moi nous sommes laissés tomber sur le canapé, je sentais l'odeur de sa transpiration. Nous n'étions pas habitués à l'agitation liée à la présence des enfants. Certains couples d'amis en avaient déjà, encore en bas âge : de loin, nous aimions ceux des autres. L'idée d'en avoir nous-mêmes était un vague projet, pas un véritable désir, plutôt un fantasme, nécessaire mais insuffisant.

Quelques minutes après, je me suis levée, je devais installer nos hôtes dans une chambre et sortir acheter le nécessaire pour Vincenzo. Piero s'est étendu et s'est assoupi, il avait besoin de récupérer après la nuit passée auprès de son père à l'hôpital et les surprises du matin.

Ce soir-là, nous nous sommes parlé. J'étais déjà couchée quand il est rentré, il a allumé la lampe de chevet et s'est penché pour déposer un baiser sur ma nuque, sur sa vertèbre préférée. Bruissement léger de sa chemise déposée sur la chaise, de ses chaussures enlevées à côté de la fenêtre.

« Ma douce est encore réveillée, a-t-il susurré alors qu'il se glissait dans le lit, y apportant son haleine mentholée et un reliquat de l'allégresse de sa soirée entre amis.

— Il faut que tu excuses Adriana, ai-je dit. Elle a débarqué avec son fils sans prévenir, mais je ne pense pas qu'ils resteront longtemps. »

Il a éteint la lumière et s'est couché en cuillère derrière moi, il aimait s'endormir dans cette position.

« Ça me fait plaisir de les avoir à la maison. Vincenzo est craquant et ta sœur me fait toujours rire.

— Moi, pas tellement », lui ai-je dit en lui prenant la main.

Il a frotté la pointe de son nez contre mon épaule, comme pour apaiser une démangeaison. Puis il a étouffé un cri contre mon dos, pour plaisanter : « Tu as les pieds glacés, même l'été.

— Et toi, bouillants.

— Je vais te les réchauffer », a-t-il dit d'une voix ensommeillée.

J'ai senti son corps se détendre, s'abandonner autour de moi. Sa main s'est desserrée dans la mienne. Je n'ai pas bougé jusqu'au matin, bien réveillée dans un lieu sûr.

4

Je n'imaginais pas retrouver mes étudiants dans la salle quand je suis revenue pour récupérer mon sac et mes livres. Et je n'avais pas non plus envie de les voir, à ce moment-là. Cependant, la petite brune du deuxième rang m'avait attendue. Elle s'appelle Béatrice, mais je l'ai entendue exiger que l'on prononce son prénom à l'italienne. Quand je suis entrée, elle a ramassé un cahier sur sa table et elle est venue avec son sac à dos. Je rassemblais mes feuilles éparses, les empilais d'une main tremblante sans me soucier de leur ordre ni de leur sens. Du coin de l'œil, j'ai enregistré son mouvement dans ma direction, agacée par cette présence hors délais.

« Excusez-moi, j'ai encore une question, a-t-elle dit, sa voix trahissant une appréhension démesurée.

— Que dirais-tu de m'en parler la semaine prochaine ? Je dois y aller, maintenant », et, d'un geste brusque, j'ai tiré la fermeture Éclair de mon sac.

Puis j'ai commis l'erreur de m'arrêter un instant, et j'ai perçu en elle quelque chose de moi. Je ne pouvais pas la laisser comme ça, penaude et déçue. Elle semblait sur le point de pleurer, et je n'aurais pas pu supporter cela, pas hier. Je me suis efforcée d'être gentille.

« Je t'écoute.

— À mon avis, l'héroïne du roman, c'est Véronique. Elle fait tourner tous les autres autour d'elle, surtout les hommes. Mais quel pouvoir elle a, à part la beauté ?

— Peut-être la perte qu'elle porte en elle », ai-je répondu en la regardant dans les yeux.

Elle donnait l'impression de sortir du lit, le trait de crayon de la veille avait bavé sur ses paupières.

« D'où viennent tes parents ? lui ai-je ensuite demandé, par politesse.

— Mes grands-parents sont siciliens, mais quand ils sont arrivés à Grenoble ils ont obligé mon père à ne parler qu'en français. Pour eux, l'italien était la langue de la honte, à cause de l'occupation fasciste. »

Elle ne le sait pas, mais nos émigrants avaient surtout honte d'être pauvres. Aucun doute que Béatrice méritera une excellente note au partiel. Dans le peu de temps qu'elle a réussi à m'arracher, elle a condensé l'histoire de sa famille, c'est avec cette dernière qu'elle veut se réconcilier. Je l'y ai encouragée, elle découvrira toute seule combien il est difficile de trouver la paix. Pendant vingt minutes, elle a su suspendre l'effet de la nouvelle que je venais de recevoir.

Je suis rentrée du campus en tram, en regardant dehors. Des étudiants entretenaient sous le soleil blafard les jardinets qu'on leur avait confiés. D'autres se dirigeaient en bandes vers le restaurant universitaire, ils préparaient une manifestation contre la réforme de l'université. Un lapin a traversé la pelouse, s'arrêtant tous les deux ou trois bonds, comme hésitant quant à la direction à prendre.

Le reste de la journée, j'ai fait ce que j'avais prévu, j'ai juste oublié de déjeuner. Mon estomac vide ne se manifestait pas. Je passais sans m'en rendre compte devant la porte de mon immeuble ou le magasin d'aliments pour animaux et continuais mon chemin. Au bout d'un moment, je ne savais plus où j'étais. Par chance, à Grenoble, il suffit de regarder au fond de la rue : « Au bout de chaque rue, une montagne », écrit Stendhal. Les massifs de la Chartreuse, de Belledonne et du Vercors forment des points de repère majestueux, ils projettent leur ombre sur la ville. Piero les aurait aimés, s'il était venu me rendre visite. Quand je rentrais à Pescara pour les vacances ou qu'il m'appelait pour mon anniversaire, il m'a déclaré plus d'une fois : « Dès que je peux me libérer, je viens grimper dans ta région. »

Adriana est la seule de ma famille à être venue pour de bon. J'avais reçu mon affectation depuis quelques mois et je partageais une mansarde avec une collègue du département d'histoire. Adriana m'avait demandé mon adresse pour m'envoyer une carte postale.

Elle s'est présentée un soir de pluie, avec Vincenzo âgé de cinq ans, qui pleurait de fatigue. Ils avaient changé de train à Bologne, Turin, puis Chambéry, je ne m'explique toujours pas qu'ils ne se soient pas perdus. Jusqu'alors, elle avait exclusivement voyagé en stop, dans ses années les plus tumultueuses.

« Je suis venue voir si t'es bien, ici », a-t-elle dit en

me tendant des *bocconotti*, ces pâtisseries de chez nous, soigneusement emballés.

Je revois mon neveu dans les cabines du téléphérique, le lendemain. Il voulait monter et descendre cent fois, les mains plaquées contre le plexiglas, les lèvres arrondies dans un O de parfaite stupéfaction. Adriana admirait les trois tours construites par des maçons italiens dans les années 1960, elle les comparait aux plus hauts immeubles de Pescara.

Parfois, le dimanche quand il fait beau, je monte encore à la Bastille, mais à pied. Beaucoup de gens apprécient cet exercice physique, dont mon amie Théa et moi. Nous nous mêlons aux touristes qui ont peur de prendre le téléphérique ou qui ont besoin de se gagner leur destination. Les plus jeunes et les plus entraînés courent en short et baskets sur le chemin de terre qui serpente en direction de la forteresse. J'entends leur souffle haletant quand ils nous dépassent, tout maigres.

C'est le panorama d'en haut que je cherche, un air plus limpide. Je vois la vieille ville, où j'habite, si compacte et reconnaissable vue de là-haut, un noyau chaud et sombre engoncé dans le béton qui est venu ensuite, tout autour. Plus tard, nous rejoignons des amis au café de la Table ronde. Nous buvons du Martini blanc en terrasse, le temps s'écoule, alcoolisé, léger.

J'ai enlevé ma montre et je me suis perdue dans cette longue nuit. On n'entend plus de voix ou de pas dans la rue ni la plaque d'égout faire *clang* sous les roues des voitures. Mon téléphone vibre, un message me demande si je suis réveillée, si demain matin on se retrouve à huit heures devant l'hôtel. Des gémissements parviennent de la chambre au-dessus, mais cela ne dure pas longtemps, ils doivent être fatigués. Ma mémoire, elle, ne se fatigue pas, elle me livre des souvenirs pêle-mêle, c'est un bouillonnement incontrôlable.

Hier après-midi, j'avais rendez-vous chez Yvette, j'y suis allée comme prévu. Son salon se trouve dans la rue de Bonne, à quelques pâtés de maisons de chez moi. C'est une blonde exubérante, entre deux âges, dont le rouge à lèvres coule dans le maillage de rides autour de sa bouche. Elle n'est pas cancanière, mais sa volubilité engage ses clientes à la confidence : Yvette est le terminus de toutes les histoires du quartier, et moi-même je me prête au bavardage, mais seulement sur ma vie en France. Je lui parle du chat Hector, qui est à moitié à moi et à moitié à mon voisin. Cet animal domestique qui vit entre deux appartements et mange sur le palier, où nous mettons aussi nos plantes, la fait rire. Chaque fois, elle fait mine d'oublier ma réponse de la fois précédente et me demande si Christophe et moi sommes ensemble. Entre-temps, elle me propose un balayage ou une coupe plus simple. Elle espère peut-être que quelque chose de romantique adviendra.

Hier, elle m'a vue entrer avec une expression différente. Il n'y avait que deux clientes, déjà prises en charge par ses employées. Elle a insisté pour me laver les cheveux elle-même, elle m'a précédée à l'arrière, me tenant le rideau noir écarté. Je me suis assise au premier bac, ils étaient tous libres, j'ai calé mon cou dans le creux prévu à cet effet, et ai penché la tête en arrière.

Yvette a réglé la température de l'eau. Elle a dilué le shampoing dans une coupelle et l'a versé sur ma tête avec une certaine solennité, comme pour un baptême. Elle m'a massé le cuir chevelu en faisant des mouvements circulaires de la pulpe de ses doigts, la mousse s'épaississait en crépitant. Elle m'a demandé s'il s'était passé quelque chose.

« Je dois rentrer en Italie. »

Quand ses doigts se sont approchés de mes tempes, les larmes ont jailli. De mes yeux, elles coulaient vers mes oreilles, mes cheveux savonneux, les mains d'Yvette. Elle s'est interrompue, elle s'est contentée de tenir ma tête, en silence. Nous avons attendu que ça passe.

Puis elle m'a séché les cheveux en faisant tourner sa brosse, dans le miroir ses doigts se mouvaient, aussi rapides que des pattes d'araignée. Une cliente a dit au revoir et est sortie, fière de sa nouvelle coiffure, une autre commentait le dernier épisode de *Julie Lescaut* avec la fille qui lui faisait son brushing. Yvette m'a demandé d'où je venais, en Italie. Elle n'avait jamais entendu parler des Abruzzes. C'est au niveau de Rome, lui ai-je dit, la région donne sur la mer, de l'autre côté.

« La mer, j'en rêve », a-t-elle soupiré.

Pour finir, elle m'a un peu décoiffée en agitant le sèche-cheveux, pour un effet plus naturel. Elle a modelé quelques mèches avec du gel.

« Alors nous nous reverrons à votre retour », et elle m'a retiré la cape de coupe.

Je me suis arrêtée devant les vitrines d'en face, comme si je repartais pour les vacances d'été ou pour Noël, comme si rien ne s'était passé. Je ne me suis jamais présentée sans cadeaux pour Vincenzo : j'ai pris deux tee-shirts Astérix et des biscuits au beurre. Il aime toujours en grignoter sur le canapé, devant des dessins animés. En ce moment, il regarde *Les Griffin*.

Quand Adriana est venue se réfugier chez moi, via Zara, avec lui tout petit et un sac, elle avait emporté très peu de choses, dans son départ précipité. Quelques couches, une tétine et un éléphant en peluche. C'est à cette époque que j'ai commencé à acheter de la nourriture et des habits à Vincenzo.

Ce premier jour, j'ai laissé sœur et neveu à la maison et je suis sortie avec Piero. Dès que nous avons passé la porte, nous avons été cueillis par le vent, il s'était levé et brassait la touffeur qui stagnait en ville depuis des jours. Le sable de la plage voisine volait partout. Quelques pas ensemble, jusqu'à son cabinet, puis nous nous sommes séparés.

« Ne regarde pas à la dépense pour le petit », a-t-il dit en posant son index sur mon nez.

Nous avons échangé un baiser et je me suis retournée pour le regarder tandis qu'il ouvrait la porte. Ses muscles dessinés par ses sessions d'escalade, un paysage déployé sous sa chemise bleue.

Certains dimanches, je l'accompagnais, j'assistais au corps-à-corps entre la roche et lui depuis le pied de la paroi. J'admirais sa grâce, ses sauts d'un éperon à l'autre me coupaient le souffle. Le travail obstiné de ses bras et de ses jambes, de ses mains et de ses pieds, de tous ses doigts, me fatiguait la nuque, les yeux. Il devenait de plus en plus petit, une tache colorée en altitude, accrochée à la pierre et à la vie. Quand il redescendait, il appartenait encore à la montagne, à la lumière qu'il avait vue là-haut. Ses camarades lui faisaient fête, certains avaient intégré le groupe depuis peu. Il se montrait affectueux à mon égard mais distant, et moi je jalousais les Apennins, à l'époque.

Je suis rentrée des courses agacée par le vent, des grains de sable crissaient entre mes dents. La porte de la chambre d'amis était entrouverte, j'entendais le babil de Vincenzo, ma sœur qui lui parlait d'une voix douce, assise sur le lit, à côté de lui. Quand je suis entrée, le courant d'air a fait claquer les battants de la fenêtre et elle a bondi sur ses pieds en poussant un cri.

« Ça va pas la tête ? a-t-elle demandé, une main sur la poitrine.

— Qu'est-ce qui te prend à avoir peur des courants d'air ? Tu as le diable aux trousses ou quoi ?

— Eh, presque », a-t-elle avoué.

Elle s'est rassise à côté de l'enfant, elle me regardait par en dessous la bouche fermée, qui ne pouvait rien dire. J'ai sorti des sacs les affaires que j'avais achetées à Vincenzo et elle a eu un instant d'enthousiasme devant le minuscule jean à élastique réglable. Il y avait aussi une robe pour elle, à bretelles, avec des motifs floraux. Adriana a toujours eu un faible pour les robes d'été, elle aurait voulu en avoir cent chaque année. Celles qu'on trouvait sur les marchés faisaient l'affaire, qu'elles soient longues ou arrivent au-dessus du genou. Je l'ai brandie devant elle et elle l'a longuement admirée, palpant le tissu léger entre son pouce et son index. Après, elle avait les yeux humides, brillants de désespoir. Elle a dégluti pour retenir ses larmes.

« T'es folle, t'as claqué plein de fric », et elle a secoué la tête.

Elle a demandé si j'avais pris des pâtes à potage pour Vincenzo, c'était presque l'heure du déjeuner pour lui. Nous sommes allées dans la cuisine le lui préparer, elle avec son fils à califourchon sur sa hanche saillante.

« Tu as peur de qui ? » ai-je demandé.

J'ai attendu, mais les petites étoiles ont cuit dans le silence et dans le fracas de la mer au-dehors. Je les ai assaisonnées avec de l'huile d'olive et du parmesan, elle s'est assise à table, Vincenzo dans ses bras, et lui a donné la becquée. Elle répétait les gestes que je l'avais vue faire dans notre maison au village quand, encore enfant, elle nourrissait notre frère Giuseppe, c'était presque toujours elle qui s'en occupait.

« Tu as volé quelque chose ou quoi ? » l'ai-je provoquée.

Elle a suspendu les allers-retours de la cuillère entre l'assiette et la bouche de Vincenzo.

« Où tu vas pêcher des trucs pareils ?

— Ce ne serait pas la première fois », ai-je laissé échapper.

Elle a tourné le potage et a recommencé à nourrir Vincenzo.

« Ça plaît à personne de faucher. Qu'est-ce que t'en sais, toi ? Tu manques de rien. »

Nous savions toutes les deux à quoi je faisais allusion. Un hiver, elle avait perdu son travail, mais elle allait trouver une solution, comme d'habitude, d'après elle il n'y avait jamais de quoi s'en faire. Ou alors elle rentrerait au village pendant quelque temps, chez nos parents. Je lui avais proposé de l'argent, mais elle l'avait dédaigné. C'était notre première année de couple marié, avec Piero.

« Si j'ai besoin de fric, je te demanderai », avait-elle assuré avec son air distrait.

Dehors, il neigeotait depuis un moment, nous nous étions rapprochées de la terrasse, et l'une de l'autre. Les flocons tombaient de biais, la plage blanchissait lentement, ridée comme un désert de sucre. Notre souffle et nos pensées muettes se condensaient en un halo de buée sur la vitre.

« Tu me prêtes ton écharpe, celle qui est très longue et bariolée ? avait demandé Adriana.

— Je vais te la chercher », et j'étais allée dans ma chambre.

Elle m'attendait là, le regard fixé sur les vagues gris profond. Puis soudain elle avait été pressée, elle s'était rappelé un entretien pour un travail. Elle avait enroulé la laine plusieurs fois autour de son cou et avait déposé un baiser sur ma joue d'un air inspiré.

Le lendemain matin, deux personnes étaient venues pour installer les rideaux aux fenêtres. Je n'avais pas pu les payer. La neige avait disparu, de même que l'argent de mon sac à main posé sur un meuble. J'avais laissé traîner plusieurs jours avant d'aller la voir, j'avais peur de l'affronter. Elle avait nié avoir pris l'argent, et s'était indignée de mes soupçons.

« C'est tes étudiants qui te l'ont fauché et t'as même pas fait gaffe », avait-elle dit sans se démonter.

Nous nous étions disputées, avec des mots durs, mais aussi comme des gamines, en nous poussant et en nous prenant par les vêtements. Adriana savait me ramener en arrière, à tout ce que j'avais voulu quitter. Je collaborais depuis peu avec le professeur Morelli à l'université de Chieti, il était hors de question de la laisser me freiner mon élan. Nos parents, nos frères et le village sur les collines étaient loin, enfouis dans l'âpreté du dialecte. Ils habitaient des souvenirs pas précisément heureux, presque absents du présent. Elle, c'était l'inverse, toujours si vive, et si dangereuse. J'étais très mal à l'aise d'être sa sœur.

5

Je me réveille en sursaut après un sommeil court et profond. Je voudrais bouger le bras, mais il ne répond pas. Pendant quelques instants, je ne sais pas où je suis, il n'y a rien de familier dans le noir, il manque en arrière-fond le ronronnement d'Hector couché en boule à mes pieds. J'ai souffert, hier, et je ne me souviens pas pourquoi. Je souffre encore, un poids sur ma poitrine que je n'identifie pas. Je cherche l'interrupteur à tâtons, à la lumière de la lampe cette chambre d'hôtel si étrangère me rappelle à la réalité.

J'enfile ma veste et sors frissonner sur le balcon, sous ce ciel lourd de nuages migrateurs. De l'autre côté de la rue, la mer Adriatique n'est qu'une nuance de noir qui mouille le sable et se retire. Je ne la vois pas, mais je sais depuis toujours qu'elle est là. Les pêcheurs de Borgo Sud doivent être au large, comme d'habitude, déjà au travail. Le reste des habitants dort, il est trop tard pour le jour qui s'est achevé, trop tôt pour celui qui vient. Adriana dort elle aussi, un peu de mer a coulé dans son prénom.

Nos trois ans d'écart sont devenus invisibles, mais

quand nous étions plus jeunes ils pesaient lourd. C'était du moins mon opinion, Adriana ne l'a jamais partagée. Parfois, je voulais commander, en grande sœur que j'étais.

« Toi, t'as la tête bonne qu'à bûcher », disait-elle.

C'était sa manière de dire son admiration, et aussi de me dévaloriser.

J'ai décidé de l'emmener au village avec Vincenzo, nos parents devaient être informés de ce tournant dans sa vie. Nous préparions le dîner et elle dressait la liste interminable des torts qu'ils lui avaient fait subir dans sa jeunesse. Ils lui avaient fait arrêter l'école à quinze ans pour l'envoyer travailler à la campagne : vendanges, récolte des olives. Pas un membre de la famille n'estimait qu'elle devait continuer ses études au-delà de son brevet obtenu de justesse. Nos frères se moquaient de son ambition de devenir géomètre, notre mère restait silencieuse.

Nous nous étions démenées ensemble pendant tout l'été, et en septembre notre père avait fini par lâcher sa permission du bout des lèvres : Adriana pouvait s'inscrire dans un lycée professionnel de Pescara, et partager une chambre avec moi chez Mme Bice. Passé son enthousiasme initial, les longs après-midi dans ces quelques mètres carrés lui pesaient, elle sillonnait l'espace exigu comme un tigre en captivité. Parfois elle ouvrait un livre et, étalée sur le lit, elle en lisait une demi-page comme s'il était écrit dans une langue orientale. Je ne comprenais pas que son incapacité à se concentrer était un acte d'obédience : Adriana réalisait la prophétie de notre père.

« Toi, tu reviendras bouffer des fèves ici dans pas longtemps, tu décrocheras avant la fin de l'année », lui avait-il dit quand elle était rentrée à la maison avec son bulletin du premier trimestre.

Certains jours d'avril, il lui arrivait de se présenter chez Mme Bice affamée comme une innocente lycéenne tout juste sortie de cours, mais elle avait pris des couleurs. Après le déjeuner, elle s'asseyait au bureau et imitait minutieusement la signature de nos parents sur son carnet de correspondance. Quand je m'approchais, elle couvrait son délit avec un cahier. Nous n'étions plus des gamines, nous avions grandi, et nos secrets avec nous.

Notre père est passé la récupérer un jeudi, il n'a pas attendu que nous rentrions au village avec l'autocar du samedi. C'est certainement Mme Bice qui l'avait appelé, rendue soupçonneuse par le bronzage précoce d'Adriana. Il a stationné sur le chemin du lycée à l'heure de la sortie, mais elle n'est pas arrivée de là. Elle est arrivée de la mer, avec le pas un peu chancelant des personnes restées trop longtemps au soleil. Elle avait passé la matinée avec un jeune pêcheur, ils étaient même montés sur sa barque au port, mais ça, Adriana ne me le raconterait que bien plus tard. J'imagine ses yeux encore rêveurs quand elle s'est retrouvée nez à nez avec notre père.

« Si c'était pour nous traiter comme ça, ils auraient mieux fait de pas faire de gosses », a-t-elle dit en coupant furieusement des tomates dans ma cuisine.

Elle n'a pas évoqué toutes ses absences et je ne les

lui ai pas rappelées. Elles n'auraient pas suffi à justifier le comportement de nos parents.

« N'y pense même pas, à me faire y aller », a conclu ma sœur quand nous nous sommes assises à table.

Mais ensuite, elle a changé d'avis au moment le moins opportun. Je remplissais une petite valise pour aller passer deux jours à Rome avec Piero. J'aimais l'accompagner à ses congrès dans les villes d'art, pour nous c'étaient encore de courtes lunes de miel.

« Pour moi demain c'est d'accord », a dit Adriana en passant devant ma chambre.

Elle avait déjà chamboulé nos habitudes, comme elle le fait toujours avec son entourage.

« Allez-y, avant qu'elle change encore d'avis », m'a conseillé Piero.

Le lendemain matin, nous partions tous de bonne heure. À la dernière minute, il m'a fait relire son intervention, un passage lui paraissait confus. Nous nous sommes penchés au-dessus de la table pour l'améliorer, j'ai un peu raccourci le texte, coupant les redites.

« Sans ma prof particulière, je serais perdu », a-t-il plaisanté.

Son fils dans les bras et son sac en bandoulière, Adriana frémissait dans l'entrée, nous percevions son impatience de là où nous étions.

« S'il te plaît, ne sois pas dure avec elle », a dit Piero en reprenant ses feuilles.

Je l'ai regardé partir avec un pincement de nostalgie.

Nous n'étions plus les gamines qui prenaient la route du retour perchées dans un autocar. Les herbes folles sur le bord de la chaussée s'étaient rapprochées, Adriana pouvait les toucher de la paume de sa main tendue au vent. Cela faisait longtemps qu'elle n'était pas passée par là, tout lui semblait différent, étonnant. Au virage après la drague, d'un geste elle m'a demandé de m'arrêter. L'endroit n'était plus comme dans son souvenir. Il n'y avait plus de vaches, le fil barbelé de l'enclos avait cédé çà et là. Toutes les fenêtres de la ferme étaient closes, pas un paysan alentour.

Il y avait un grand champ de tournesols, orientés vers l'horizon où l'aube pointait tous les matins. C'est dans cette même direction que, dans un vol plané après une embardée en scooter, notre frère était tombé bien des années auparavant sur les barbelés, atterrissant sur la partie la plus vulnérable de son corps : son cou.

« Toutes ces fleurs sont pour ton tonton Vincenzo », a dit Adriana à son fils, dès qu'elle est sortie de la voiture.

Elle l'a soulevé jusqu'aux corolles, qui nous dépassaient, et il en a touché une. Nous sommes restées un moment, absorbées par cette vue. Évidemment, la personne qui avait semé ces fleurs ne pensait pas, sur son tracteur, au jeune homme qui avait trouvé la mort à cet endroit par un automne lointain, mais on aurait vraiment dit que ces tournesols lui étaient dédiés.

Quand j'ai redémarré, ma sœur a esquissé trois signes de croix sur son front, sa bouche et sa poitrine, puis elle a déposé un baiser sur son index et l'a envoyé par la fenêtre. Après quoi, nous avons suivi en silence un camion jusqu'au village, les courts tronçons entre les virages ne permettaient pas de le doubler.

« Y sont en bas », a deviné Adriana en humant une odeur familière quand nous sommes arrivées devant l'immeuble.

Ils avaient ouvert la remise, notre père était dehors, debout, il retournait les poivrons sur la braise à mains nues, en les tenant par la queue. Par terre se trouvait une corbeille à moitié pleine de poivrons crus, et sur une assiette ovale posée sur un cageot renversé, il y en avait quelques-uns déjà grillés. Depuis qu'il avait perdu son index et son majeur dans les derniers temps où il était ouvrier à la briqueterie, il se servait de sa main gauche comme d'une pince.

Elle, elle était assise sur le seuil, tournée vers la lumière du matin, elle pelait et épépinait les poivrons au-dessus d'une planche à découper en bois posée sur ses genoux. Elle nous a vues arriver de la place, Adriana derrière moi avec l'enfant dans ses bras. Notre mère a suspendu son geste, son couteau est resté en l'air, puis elle a baissé la tête et a repris sa tâche avec des mouvements plus vifs.

Quand je les ai salués, elle est restée silencieuse, elle devait en avoir après moi aussi depuis que j'avais renoncé à mes visites hebdomadaires, me contentant de leur téléphoner.

« Alors comme ça t'es pas morte », a dit notre père sans regarder Adriana ni répondre à son bonjour. Puis il a continué à s'affairer entre la corbeille, les braises et l'assiette.

Vincenzo a attiré l'attention sur lui en poussant une de ses vocalises, tendu vers toutes ces nouveautés. Celui qui ignorait encore être son grand-père l'a regardé de travers, sans aucune sympathie.

« Tu ramènes les marmots que tu gardes, maintenant ? a-t-il demandé à sa fille.

— T'es aveugle ou quoi ? Tu vois pas que c'est son portrait tout craché, tu vois pas que c'est le sien ? » lui a crié notre mère en laissant tomber sa planche et son couteau sur le béton.

Elle a bondi sur ses pieds, a passé les paumes de ses mains sales sur son visage, de son front à son menton. Je me suis approchée pour la calmer et elle m'a repoussée, mais ensuite elle m'a attrapée par l'épaule et m'a secouée.

« Je te faisais confiance, toi, mais t'as avalé ta langue, tu nous as rien dit ! » a-t-elle braillé.

Je sentais ses postillons sur ma peau, ainsi que la colère qu'elle déversait sur moi pour épargner Adriana, protégée par l'enfant qu'elle portait dans ses bras. Si jeune, il était sacré, même ici.

Des gens sont venus à leur fenêtre, une voisine a demandé ce qui se passait. Ma mère a desserré sa prise, puis m'a lâchée. Elle s'est dirigée vers la maison mais, au bout de quelques mètres, elle a fait une pause pour reprendre son souffle, une main sur la hanche. Alors Adriana a dit entre ses dents : « C'est pas sa faute, elle savait pas. »

Vincenzo s'est mis à pleurer.

« On fait quoi maintenant ? J'y donne à manger là-haut ou on s'en va ? » a-t-elle demandé à notre père.

Elle s'efforçait de garder une voix ferme, de ne pas céder elle aussi aux cris ou aux larmes.

« Tu veux l'emmener où ? Au café, peut-être ? » a-t-il répondu. Chef de famille furieux mais respectueux d'une vieille tradition d'hospitalité, il a ouvert la marche vers le deuxième étage.

Ils nous ont laissées avec l'enfant et sont redescendus finir leur travail. Adriana l'a changé et je lui ai préparé son potage, puis elle l'a couché dans la chambre de ses grands-parents, laissant la porte ouverte pour l'entendre s'il se réveillait. La chambre que, gamines, nous partagions avec nos frères était fermée. Elle y est entrée. Nos lits superposés avaient disparu, une couverture en laine était déployée sur celui de Sergio : sa dernière nuit ici avant son départ pour la Libye était une nuit d'hiver. Il ne restait pas trace des autres, Domenico habitait à la campagne et Giuseppe dans l'établissement où il était pris en charge. Sans eux, la maison était plus propre, rangée, nos parents seuls. Ils continuaient d'accumuler des provisions pour une famille nombreuse qu'ils n'avaient plus.

Avec des gestes machinaux, Adriana a récupéré le linge étendu sur la corde du balcon, l'a plié, puis l'a posé sur une chaise. Elle s'est poussée quand notre mère est revenue chargée de sachets remplis de poivrons à congeler. Elle en avait mis quelques-uns de côté dans un plat pour le déjeuner, et j'en retrouverais plus tard un sachet dans mon sac, pour Piero qui en était friand. Elle a mis la nappe à carreaux et y a disposé quatre assiettes. Elle m'a ordonné de finir de dresser la table en indiquant de la tête le tiroir des couverts. Du coin de l'œil, j'ai vu ses allées et venues entre les deux chambres, elle apportait d'autres oreillers pour la barrière de sécurité autour du sommeil de Vincenzo. Puis elle est revenue à la cuisine, en un tournemain elle a assaisonné les poivrons : huile et sel, ail et persil haché.

« Enlève-moi ce chapeau et coupe du pain », a-t-elle dit sans se tourner vers Adriana.

Ma sœur a obéi, ses cheveux ras ont été ignorés. Nous nous sommes installés chacun sur un côté de la table, en silence, on n'entendait que les craquements des chaises. Même immobiles, on transpirait.

« Y a pas de vin ou vous l'avez oublié ? » a fini par demander mon père.

Je me suis levée, il restait un fond de rouge derrière le rideau, sous l'évier. Je l'ai versé dans son verre. Il l'a bu et a fait claquer sa langue en regardant Adriana, en face de lui, qui sauçait l'huile savoureuse.

« Comment tu l'as appelé, ton fils ?

— Vincenzo. »

Notre mère a porté une main à sa bouche et s'est levée. Elle a fait quelques pas vers leur chambre, mais elle a dû se souvenir que l'enfant s'y trouvait. Elle s'est enfermée dans notre chambre d'enfants.

« T'as déjà perdu son père ? » a-t-il repris dans le silence qui a suivi.

Des voix montaient de la place, un rire bruyant. Sans lâcher des yeux Adriana qui ne répondait pas, il a repoussé son assiette vide.

« Comment tu vas te débrouiller avec lui ? » a-t-il insisté.

Elle s'est redressée, a posé le bout de pain qu'elle tenait entre ses doigts sur un carreau bleu de la nappe.

« Mieux que toi avec moi, tu paries ? »

Nous sommes reparties dès que l'enfant s'est réveillé. J'avais déjà démarré quand j'ai vu notre mère dans le rétroviseur. Si je ne lui avais pas proposé de l'y conduire, elle aurait fait le trajet à pied, comme toujours, deux kilomètres aller et deux kilomètres retour, ou bien quelqu'un du village l'aurait déposée. Devant le cimetière, elle nous a quittées sans un mot. C'était la dernière fois qu'Adriana la voyait. Sa prodigieuse intuition ne l'a pas aidée, elle n'a pas su identifier un signe prémonitoire dans la silhouette courbée qui s'éloignait sur l'allée de gravier entre les cyprès. Elles n'ont pas dépassé leur rancœur, elles ne se sont pas saluées, elles ne se sont pas étreintes dans un geste de paix.

Adriana avait trop de vitalité pour envisager la mort et, comme tous les gens jeunes, elle avait foi en l'éternité de ses parents.

6

Le lendemain, j'ai dû l'emmener « quelque part » en voiture. Nous longions la rive droite du fleuve quand elle m'a demandé de m'arrêter. Nous avons poursuivi à pied, Adriana quelques pas devant moi, droite et concentrée sur le parcours. Des vaguelettes salées remontaient le courant de l'estuaire, elles me brouillaient la vue.

« On n'aurait pas pu venir plus tard, à la fraîche ? ai-je demandé.

— Y a des trucs, faut les faire en plein cagnard », a répondu ma sœur en bifurquant vers Borgo Sud.

Elle aussi était sûrement éprouvée, cachée sous un chapeau de paille et derrière les lunettes de soleil qu'elle m'avait empruntées sans me le demander. Nous nous sommes enfoncées entre les HLM bas et les maisons à un ou deux étages. Je n'étais jamais entrée dans ce quartier, mais je savais qu'Adriana y traînait depuis des années.

La ville me surprenait, elle se révélait plus grande, différente de ce qu'elle était sur ma carte imaginaire circonscrite au centre-ville et à de rares quartiers périphériques. Des figures naïves avaient été peintes sur certains murs, je me suis attardée pour en contempler une qui représentait un pêcheur musclé tirant sa barque sur le rivage, avec des bateaux à voile en arrière-plan.

Personne ne passait dans la rue, ni à pied ni en voiture, les persiennes étaient fermées, les fourgonnettes des vendeurs de poisson garées le long des trottoirs. On aurait dit un endroit à part, où le temps s'écoulait plus lentement et où des règles différentes s'appliquaient. Une frontière invisible l'isolait de Pescara, qui pourtant l'entourait. Le quartier était propre, pas le moindre papier par terre.

Adriana s'est aperçue que j'étais à la traîne et elle est revenue pour me tirer par le bras.

« Bouge-toi, on est pas là pour faire du tourisme, a-t-elle dit entre ses dents. Après le repas, ceux qui sont pas en mer font la sieste », a-t-elle ajouté en baissant la voix, comme si nous risquions de réveiller les habitants.

Il y en avait cependant un qui mangeait de la pastèque, torse nu dans l'ombre d'un balcon, au premier étage. Il a suspendu son geste quand il nous a vues. Il a craché les pépins. Sous ce regard, la démarche d'Adriana s'est faite saccadée, signe qu'elle avait peur. À un moment donné, elle a fait un brusque demi-tour, je l'ai suivie à l'abri d'un immeuble. Des cris ont retenti dans notre dos, peut-être ceux de l'homme.

Nous avons emprunté différentes rues d'un bon pas, sans raison apparente. Enfin, après avoir jeté plusieurs regards alentour, elle m'a conduite à l'arrière d'une maison verte. Nous sommes restées à l'écoute de ce grand silence, puis elle a enfilé son bras entre les barres d'un portail et a trouvé à tâtons la clé pour l'ouvrir, comme si c'était pour elle un geste habituel.

« Qu'est-ce que tu fais ? Où on va ? ai-je protesté à voix basse.

— Je dois récupérer des affaires, je t'ai dit, y en a pour cinq minutes. »

Elle m'a attirée dans un lieu qui n'était ni une cour ni une véranda ou un jardin, mais où subsistaient des traces de vie récentes. Dans un coin, il y avait quelques plantes en souffrance sur la terre aride, à côté d'une chaise longue et d'un parasol fermé. Un toit en tôle ondulée recouvrait le reste de l'espace : un plan de travail avec une gazinière et un évier, ainsi qu'une table couverte d'une nappe en toile cirée et entourée de chaises dépareillées. Par terre, des bottes de pêche et des filets emmêlés, peut-être à réparer. Le sirocco des derniers jours avait déposé du sable partout. La porte-fenêtre était ouverte et la vitre cassée, les débris ont crissé sous les pieds d'Adriana.

« Attends-moi là, et siffle si t'entends quelque chose de bizarre », a-t-elle dit depuis le seuil.

Elle ne m'a pas laissé le temps de lui rappeler que je ne savais pas siffler. Elle a traversé une pièce, une autre, puis je l'ai entendue monter l'escalier. Elle se déplaçait avec circonspection, à l'affût du moindre bruit, mais aussi avec la familiarité de quelqu'un ayant vécu là. Je ne voulais pas rester dehors sans elle, alors je suis entrée dans la pénombre d'une cuisine, contre un mur il y avait un lit à une place, et au fond le berceau où Vincenzo avait dormi. J'ai reconnu la touche de ma sœur dans le désordre des draps : réveillée brusquement, elle les avait fait voler.

L'ameublement était simple, mais chaque détail avait été pensé. Une étagère accueillait une collection de coquillages, rangés du plus petit au plus grand, leurs spirales dorées en évidence. Quelques livres à côté du téléviseur : *Cent recettes à base de poisson*, *La Mer à table*, disaient leurs dos.

Je reconnaissais partout la patte d'Adriana, mais j'étais glacée de mesurer combien ses réalisations m'étaient étrangères.

À côté de la porte par laquelle nous étions entrées, un ciré de pêche était suspendu à un crochet. Une forte odeur de putréfaction saturait la pièce, j'ai regardé autour de moi : dans l'évier, une assiette en couvrait une autre. Je l'ai soulevée, libérant une mouche qui s'est élevée dans l'air. Les tranches de viande crue grouillaient de larves blanches, de petits vers lents et bienheureux sur toute cette nourriture laissée là à décongeler. J'ai vu la date sur le calendrier à feuillets détachables accroché au mur : dix jours avaient déjà passé depuis la fuite d'Adriana.

J'ai écrasé quelque chose de souple sur le sol en céramique : la mèche de cheveux qui lui manquait quand elle avait débarqué chez moi. Sur la table, un verre retenait un petit mot rédigé avec l'écriture laborieuse des gens qui ont rarement eu un stylo en main : *Si tu revient sone chez moi je t'aiderais.*

En dessous, une signature : *Isolina.* Adriana a dévalé l'escalier, tendue.

« On y va », a-t-elle dit.

Elle m'a donné des sacs de supermarché remplis, elle portait quant à elle un gros bagage renflé. J'avais glissé les deux assiettes dans un sac-poubelle pour les jeter, elles et leur contenu. Elle a remis la clé du portail à sa place et nous sommes sorties, ensuite il fallait retraverser le quartier. Nous nous sommes mises en route, d'un pas rapide mais sans courir, jetant sans cesse des regards par-dessus notre épaule. Des yeux malveillants étaient fixés sur nous depuis les étages les plus hauts, ou peut-être n'existaient-ils que dans mon imagination. Je partageais la peur d'Adriana tout en ignorant quel risque je courais avec elle. Les jours précédents, je n'avais pas réussi à lui arracher un mot sur ce qui lui était arrivé. Parfois, ses confidences se faisaient longuement attendre, c'était le cas là aussi.

Je lui ai répété, haletante, le message que j'avais vu sur la table.

« Ce qu'elle est gentille, Isolina, a-t-elle commenté sans développer. Elle habite juste à côté. »

Soudain, un terrain vague s'est déployé entre les immeubles. Des enfants et des adolescents jouaient en short, leurs tee-shirts formaient des taches de couleur sur l'herbe brûlée par le soleil. Certains d'entre eux trafiquaient derrière une rangée de cabanons en tôle, autour de quelque chose, ou de quelqu'un.

« J'veux pas savoir ce qu'ils fichent », a murmuré Adriana entre ses dents tout en ralentissant.

Elle a eu un instant d'hésitation, puis elle a poursuivi sa route. Nous respirions déjà l'air humide et épais du fleuve quand une pensée soudaine l'a fait s'immobiliser.

«J'ai oublié un truc important, faut que j'y retourne. T'as qu'à amener tout ça à la voiture et la garer sur le front de mer, je suis là dans un quart d'heure.» Et elle a rebroussé chemin. Elle s'est retournée un instant pour une recommandation, un cri: «Si je reviens pas, rentre chez toi et garde le gamin.»

Je l'ai attendue à l'endroit convenu en comptant les minutes. Je suis sortie de la voiture, dans l'habitacle l'air était irrespirable. Dehors, la brise n'avait aucun effet, pas une ombre où m'abriter à proximité. L'air était salé et avait une forte odeur de mer, il desséchait la bouche. Une femme a traversé la route, à la main un cabas en paille d'où pointait une natte de plage. Elle m'a regardée comme si ma présence dans la chaleur tremblante au-dessus du bitume lui paraissait inexplicable.

Le quart d'heure d'Adriana se dilatait, il n'arrivait jamais à son terme. Il s'est achevé subitement et le temps s'est mis à filer. Je la voyais morte, tuée par un coup de couteau dans la poitrine, par des mains serrées autour de sa gorge, ou bien seulement écrasée par hasard, avec sa manie de se jeter au milieu de la rue sans regarder. J'ai toujours eu peur pour elle, si nomade, si imprudente. Nous avions habité ensemble pendant deux ans, adolescentes. À l'époque, je préparais mes examens, je révisais après le dîner, assise à la table de la cuisine sous le cercle du néon. Adriana ne rentrait jamais. Vers deux ou trois heures du matin, je m'écroulais, la tête sur mon livre, épuisée par l'attente du moindre bruit: sa clé dans la serrure, la preuve qu'elle avait survécu à une autre nuit de virées en ville.

Combien de temps pouvais-je l'attendre ? Dans la lumière impitoyable, le présage contenu dans ses derniers mots m'apparaissait déjà comme une vérité : à la maison, Piero gardait l'enfant, sans aucun doute réveillé, à présent.

Quand elle s'est matérialisée à côté de la portière, je n'ai même pas compris d'où elle arrivait. Elle tenait quelque chose sous son bras, enveloppé dans du papier journal.

« Hé, on décolle ou quoi ? » s'est-elle immédiatement agacée.

Elle a enlevé son chapeau et l'a posé sur la banquette arrière, avec délicatesse, sur ce qu'elle était allée chercher. Entre les quelques millimètres de cheveux qui avaient repoussé sur sa tête, les gouttes de sueur brillaient comme de minuscules diamants.

Nous sommes restées silencieuses jusqu'au pont qui traverse le fleuve, dans la circulation frénétique des après-midi d'été. Adriana avait retiré mes sandales et posé les pieds sur la grille de la climatisation.

« Je me demande si Vincenzo a pleuré avec Piero, ai-je dit doucement.

— Ton mari se débrouille bien avec les gosses, a-t-elle répondu, pensive.

— Et Rafael ? C'est lui, le père ?

— Quand il était là, il jouait tout le temps avec Vincenzo, s'est-elle souvenue, la voix fêlée.

— Il est où, maintenant ? »

D'un geste de la main, elle m'a signifié de ne pas insister, les yeux tournés vers le grand magasin UPIM pour cacher son émotion.

« Qu'est-ce qu'il y avait de si important, dans la maison ? ai-je demandé au bout de quelques minutes, arrêtée au feu.

— Tu vas voir. » Adriana s'est tournée vers la banquette arrière.

Elle a déchiré le papier autour de ce qui semblait être un tableau, vu de biais. Vincenzo le grand, comme elle l'appelait maintenant, était avec son ami gitan : ils souriaient en noir et blanc, une cigarette à la main. Au second plan, flou, le manège en mouvement, et puis un champ, le ciel dégagé. C'était un autre Gitan qui nous avait apporté cette photo, quelques mois après l'enterrement, et Adriana avait voulu la garder. Au village, elle l'avait accrochée au mur en face de notre lit, nous la regardions tous les matins dès notre réveil.

Dans cette maison entièrement à elle, elle était allée chercher un morceau de nos souvenirs.

7

C'était Rafael, le jeune homme qui emmenait ma sœur sur sa barque quand elle séchait les cours à quinze ans. Ils montaient à bord les jours où *L'Invincible* restait amarré au quai, bercé par les eaux de l'estuaire. La première fois, ils se sont aimés entre les piles de cagettes en polystyrène sentant le poisson, sur un vieux matelas. Rafael dormait là pendant les nuits glaciales en mer, après avoir descendu les filets ou les nasses garnies de bouquets de laurier pour attirer les seiches. C'est lui qui a vu couler le ruisselet rouge. Il l'a essuyé d'un doigt et l'a léché, curieux. Sans doute le sang d'Adriana les a-t-il unis pour la vie, « comme un philtre d'amour », m'a-t-elle dit dans un moment de confidences entre femmes.

Au début, Rafael veillait à ne pas lui faire mal, mais « après, c'était un taureau », a-t-elle spécifié, les yeux brillants. « Quand il rentre, il a qu'un truc en tête », a-t-elle ajouté, et cela n'était pas pour lui déplaire, loin de là.

Je l'ai entendue se vanter de l'appétit sexuel de Rafael y compris auprès de gens qu'elle connaissait à peine. Je l'écoutais en silence, moi j'étais gênée de parler de mon intimité avec Piero à une sœur qui ignorait la pudeur. Il lui arrivait de me demander, à la fois soucieuse et compatissante : « Piero et toi, vous prenez un peu votre pied, quand même ? »

Rafael l'avait immédiatement présentée à ses amis comme sa petite copine : « ma nana ». Quand il l'avait rencontrée, il avait dix-neuf ans. Il était orphelin de son père depuis l'enfance, il travaillait sur *L'Invincible* de son oncle et nourrissait le rêve de s'acheter sa propre barque. Lorsqu'ils rentraient pour décharger le poisson en pleine nuit, si pressés de repartir qu'ils ne coupaient même pas le moteur, sa mère lui apportait un thermos de café et un *ciambellone*, ce gâteau de chez nous, tout juste sorti du four. Elle marchait le long du quai sous la lune, silhouette en pantoufles que les pêcheurs reconnaissaient de loin, avec sa robe de chambre à fleurs boutonnée sur le devant et un manteau informe jeté sur ses épaules durant les mois de froidure. Cette mère, c'était Isolina.

Rafael et Adriana ne se sont pas perdus de vue quand mon père a fait arrêter l'école à ma sœur et que le village l'a reprise. Dès que possible, elle sautait dans un autocar pour le rejoindre, les jours où il n'allait pas pêcher. Elle grappillait l'argent nécessaire pour payer le ticket aller et elle partait, toute à sa hâte de le retrouver. Au retour, cris et coups l'attendaient mais, éreintée par l'amour, c'est à peine si elle y prêtait attention. Pour la première fois, elle s'abandonnait à quelqu'un.

Je n'avais plus aucune importance pour elle. Elle me cachait ses venues à Pescara, ou peut-être ne se souvenait-elle même pas que j'y habitais moi aussi.

« Ta sœur a perdu la tête pour un type, un Gitan à tous les coups. Tu les as vus ensemble ? » me demandait notre mère lors de mes retours le samedi. Elle ne mesurait pas combien il était improbable que je les croise dans une ville de cent mille habitants.

En automne, Adriana faisait les vendanges et la récolte des olives à proximité du village ou vers Ortona. La cueillette des fraises au printemps. Certains matins, elle sortait à six heures comme d'habitude, mais elle ne se présentait pas sur la place pour monter dans le minibus qui conduisait les femmes ensommeillées au travail.

Plus tard, je les ai vus pour de bon, à la fête de Sant'Andrea. Je logeais chez Giuditta, en ces soirées ardentes de fin juillet. Les épreuves du baccalauréat venaient de finir, et nous voulions rattraper nos nuits passées à traduire Plutarque et Xénophon.

Ils marchaient comme nous dans la foule qui s'écoulait de la plage après le feu d'artifice au-dessus de la mer. L'écho des pétards se prolongeait dans nos oreilles, l'odeur âcre de la poudre piquait encore les narines. Il avait un bras passé autour de ses épaules, les doigts ballants sur son sein, une alliance en argent en évidence à son annulaire. Elle en portait une identique, elle l'enlèverait et la mettrait de côté à chacune de leurs disputes, sans jamais la perdre.

Ils se sont toujours aimés à leur manière, passionnée et intermittente. Ils se quittaient pour mieux se retrouver. Puis ils ont été séparés par autre chose, qu'Adriana nommait malchance, jalousie ou méchanceté de gens douteux.

À la fête, elle a entendu crier son prénom et elle s'est retournée, dessinant une roue flamboyante avec sa robe orange à volants. Elle n'avait jamais été aussi belle, et ne l'a jamais plus été par la suite.

Quand elle m'a vue, son visage s'est éteint un instant.

« C'est ma sœur, l'intello », a-t-elle dit à Rafael, qui a broyé ma main dans sa grande paume craquelée. Son geste puissant a fait vibrer toutes ses boucles noires.

Il a insisté pour payer une glace à Giuditta et moi, et nous nous sommes dirigés vers l'avenue principale. Les gens s'attardaient sur le front de mer, emportant leurs verres hors des établissements balnéaires, encore ouverts et éclairés. L'Istria, le Calypso, La Capponcina, nous passions devant chacun d'entre eux dans notre parcours sur la grève.

Giuditta se dévissait le cou pour scruter les muscles de Rafael, qui marchait à côté d'elle. Si on faisait abstraction de son short et de son débardeur, il ressemblait au *David* de Michel-Ange, dont nous connaissions jusqu'aux veines saillantes sur les bras et les mains. Adriana a remarqué ce regard visqueux, et d'un petit saut elle s'est interposée entre Giuditta et lui, masquant la vue.

Le dilemme classique des habitants de Pescara divisait notre groupe : un cornet chez Berardo ou chez Camplone ? La chantilly inégalable que l'un d'eux y ajoutait l'a emporté.

Quand elle a entendu la voix derrière son cou, Adriana choisissait les parfums, un index gourmand pointé sur la vitrine.

«Je te l'offre, ta glace», a dit Vittorio.

Il était lui aussi venu en ville pour le feu d'artifice de la Sant'Andrea, il s'était détaché de sa bande dès qu'il avait vu cette silhouette si familière et si désirée. Il a dû estimer que c'était un joli coup de chance de tomber sur elle par hasard. Ils avaient grandi ensemble, partageant bancs d'école et après-midi insouciants sur la place entre les HLM en lisière du village. Ils avaient joué au jeu du foulard et à la balle au prisonnier, le matin pendant la première heure Adriana copiait ses devoirs sur ses cahiers bien tenus d'écolier appliqué. Puis elle avait changé, les lignes de son corps étaient devenues courbes, elle se lavait les cheveux plus souvent et, à la lumière, leur châtain foncé s'allumait ici et là d'éclats cuivrés. Les projets de Vittorio à son égard avaient changé eux aussi, c'était un autre type de complicité qu'il recherchait, un jeu plus adulte qu'il réclamait de ses yeux, les narines dilatées au-dessus de sa petite moustache toute neuve. Quelle aurait été la vie de ma sœur si elle avait répondu favorablement ? Vittorio l'aurait peut-être emmenée loin, dans les lieux où il allait canaliser l'énergie du vent et du soleil. En tout cas, au moins un élève de la classe d'Adriana avait réussi à obtenir son diplôme.

«Il ne te plaît vraiment pas ? lui avais-je demandé un jour.

— L'idée me dégoûte comme si c'était un frangin», avait-elle répondu, à l'époque.

Cette nuit-là chez le glacier, Adriana s'est retournée, et pour lui les autres personnes ont cessé d'exister. En revanche, il a remarqué le tout petit moustique qui se posait sur son épaule et l'a chassé d'un geste léger, presque une caresse.

« Hé, tu t'es pris pour qui ? » Rafael a bondi sur lui. Il a empoigné le tee-shirt de son rival au niveau de la poitrine.

« Lâche-le, c'est mon cousin », a dit Adriana, et elle s'est interposée, face à Rafael, prête à désamorcer le conflit, mais au fond fière d'en être la cause. Tout le monde nous regardait, j'étais muette de stupeur, j'éprouvais une gêne injustifiée.

« Viens, on sort », ai-je fini par dire à Vittorio en posant une main dans son dos.

La glace du cornet qu'il n'avait pas léchée dégoulinait sur son poignet. Dehors, il a retrouvé sa bande du village, et ils sont partis.

Adriana et Rafael sont sortis à leur tour, enlacés comme si de rien n'était, suivis par Giuditta, encore excitée par la scène.

J'ai soudain réalisé qu'il était deux heures du matin : à seize ans, ma sœur se trouvait à cinquante kilomètres de chez elle, en compagnie d'un homme si jaloux.

« Tu vas rentrer comment ? lui ai-je demandé à voix basse.

— Rafael me ramènera », m'a-t-elle répondu, sans conviction.

Giuditta l'a invitée à dormir avec nous, nous nous serrerions dans sa chambre, mais elle a refusé.

« Moi ça me dirait bien, de faire un tour avec le petit ami de ta sœur », a dit ma copine avant de s'endormir.

Moi, je suis restée éveillée, soucieuse.

Cette nuit-là a peut-être été la première d'Adriana à Borgo Sud, je n'en suis pas sûre. Je sais que pendant la journée elle allait parfois chez Rafael, où Isolina l'accueillait, un peu partagée entre son sens de l'hospitalité et la suspicion. Elle se montrait gentille avec la *nana* de son fils, à sa manière brusque et sincère, mais elle avait peur qu'elle le lui dérobe. Il était son seul bien au monde, à part la grande famille maritime qui, l'été, dormait toutes portes ouvertes. Les voisins se rassemblaient le samedi soir à l'arrière de la maison verte pour écouter Rafael chanter en s'accompagnant de la guitare. C'étaient des moments heureux pour Isolina : en sécurité sur la terre ferme, son fils entonnait *L'immensità*, de Don Backy, ou notre immanquable *Vola vola vola*, et les gens du Borgo chantaient le refrain en chœur. Quelqu'un faisait cuire des brochettes sur le barbecue, quelqu'un d'autre les distribuait à la ronde, accompagnées de vin. Quand arrivait le week-end, les hommes étaient affamés de viande, ils ne voulaient plus entendre parler de poisson, leur nourriture de toute la semaine, avalée à la hâte sur leurs barques.

Isolina a dû comprendre rapidement que cette fille ne la priverait pas de Rafael, et que, au contraire, elle cherchait un refuge, des attentions simples, une protection. Elle s'immisçait entre les parfums de sa cuisine, le linge étendu à l'air marin, l'attente des bateaux de pêche qui revenaient de la mer. Elle allait chez elle même quand Rafael était absent, avec l'excuse de l'attendre.

« Allez, file retrouver ta mère maintenant », lui disait quelquefois Isolina.

Il leur arrivait de déjeuner ensemble tous les trois, puis Isolina passait quelques heures chez les voisines pour les laisser seuls et, à son retour, Adriana était toujours là, sans même se demander s'il ne serait pas plus opportun de rentrer chez elle. Elle paraissait orpheline.

Je l'étais plus qu'elle, mais je savais cacher ce qui m'avait manqué. J'affichais une normalité feinte. Je suis tombée amoureuse de Piero à l'âge de vingt-cinq ans, pas si jeune, mais j'en savais si peu sur mon compte. Certains dimanches d'hiver, lui et moi n'avions même pas envie de nous lever du canapé pour sortir nous promener en ville. Nos solitudes accolées nous réchauffaient jusqu'aux os.

8

Sur le viale Regina Margherita, je me suis mise à rouler au pas. Adriana regardait dehors, distraite, le front plissé, la photographie de notre frère sur les genoux. Je devais me dépêcher de lui parler, à la maison nous allions retrouver Piero et l'enfant, elle ne me dirait rien.

« Tu sais quand Rafael rentrera, au moins ? » ai-je demandé prudemment.

Elle a secoué la tête, agacée.

« Si tu me racontes ce qui s'est passé, je pourrai peut-être t'aider. »

Elle a changé de position, s'est appuyée contre la portière, l'air exaspéré. Elle a marmonné quelque chose en soufflant. Puis elle s'est soudainement penchée vers moi, elle m'a presque touchée avec le bout de son nez.

« Ah ouais, tu veux m'aider ? T'as combien de fric ? Rafael est endetté jusqu'au cou, si tu veux tant savoir », puis elle s'est de nouveau tournée de l'autre côté, les bras croisés.

Je suis restée silencieuse, après cette escarmouche inattendue.

« T'as fini de rouler à deux à l'heure ? Ton neveu doit manger son goûter ! » a-t-elle brusquement crié. Sa colère faisait vibrer tout l'habitacle.

J'ai obéi instinctivement, et j'ai appuyé sur l'accélérateur.

« En ce moment, je n'ai pas grand-chose, ai-je répondu en bifurquant dans la via Zara. Je viens d'acheter cette voiture et je paie encore les mensualités pour les meubles, me suis-je justifiée.

— Alors tu peux pas m'aider », a-t-elle conclu d'un ton sec devant le garage.

Dans l'ascenseur, elle semblait déjà s'être calmée, mais elle avait encore du venin en réserve pour moi.

« Si c'est toi qui raques tout, je comprends pas pourquoi tu t'es mariée avec Piero, a-t-elle dit, le regard fixé sur les boutons.

— J'ai un travail, moi, je n'ai pas besoin de me faire entretenir par mon mari », ai-je répondu en faisant tourner la clé dans la serrure.

En ce milieu d'après-midi, l'appartement était frais, il embaumait la lavande que j'avais fait sécher l'année précédente. Piero avait fermé les fenêtres et les volets de la façade exposée au soleil, et ouvert les autres. L'été, il gérait les courants d'air et les ombres, nous ne souffrions pas de la chaleur. Il était dans la cuisine avec Vincenzo, il lui donnait son yaourt en faisant l'avion avec la cuillère. Il l'avait changé, un bout de couche dépassait de la poubelle.

La tension provoquée par notre passage à Borgo Sud s'est aussitôt relâchée dans mes nerfs et mes muscles, même la nouvelle de l'endettement de Rafael m'a paru moins grave. Je me suis assise sur le canapé, du côté qui conservait le creux de mes formes, un bras replié sur l'accoudoir. J'écoutais les voix qui me parvenaient : Piero racontait les heures passées en compagnie de l'enfant, Adriana les félicitait tous les deux. Les livres, les tableaux et la tapisserie brodée de visages mystérieux sous de grands chapeaux me regardaient depuis le mur d'en face.

De tous les endroits que j'avais habité, je ne m'étais jamais autant sentie chez moi que dans celui-ci, sauf peut-être à Montesilvano où j'avais grandi avec mon oncle et ma tante, mais à l'époque j'ignorais que j'étais heureuse. À l'âge de treize ans, un matin je m'étais réveillée au village, et à côté de moi Adriana avait fait pipi. Nous venions de nous rencontrer.

À l'université, j'avais trouvé un studio dans la périphérie de Pescara. Il n'avait rien d'accueillant. De là, un autobus me conduisait à Chieti pour les cours, un autre au centre-ville, où je faisais de l'aide aux devoirs. Par l'unique fenêtre, on voyait un mur trop proche, dont le tuyau de descente pluviale s'achevait sur le sol en béton. Il était percé, chaque fois qu'il pleuvait de l'eau en sortait et tachait le crépi jaune. En révisant, je regardais cette ligne s'étirer en ramifications et arabesques, colorée de vert par la végétation minuscule qui poussait dessus. C'était mon seul panorama, sans ce trou dans le zinc je serais devenue folle dans cet appartement, je crois.

Adriana m'a rendu visite la deuxième année que j'habitais là. Elle en avait ras-le-bol de s'abîmer les mains à la campagne, elle voulait « un travail propre à la ville ».

Le premier jour, elle est rentrée de la supérette du quartier avec du pain et un grand pot de crème pour assouplir ses cals et soigner ses gerçures. Elle ne s'est pas empressée de chercher un emploi, elle ne pouvait quand même pas se présenter avec ces mains de bouseuse, a-t-elle dit. Assise sur le lit de camp que j'avais installé pour elle, elle se les tartinait de Nivea, les massant longuement. Elle n'avait jamais autant pris soin d'elle.

Elle s'est remise avec Rafael, en attendant. Ils s'étaient quittés depuis des mois, une des cent fois où ça leur est arrivé. Je le croisais rarement, Adriana ne l'emmenait chez moi qu'en mon absence. Un jour, il a oublié une boîte de préservatifs dans la salle de bains et j'ai fait mine de ne pas la voir jusqu'à ce que ma sœur l'enlève de là. Elle préférait éviter de nous faire nous rencontrer, et le rejoindre dans le monde des bateaux, de la mer et des poissons, d'Isolina et de Borgo Sud. Nous étions si loin de l'eau dans cette banlieue en béton armé, même la brise n'arrivait pas jusque-là. Je n'ai jamais vraiment connu Rafael, aujourd'hui encore sa personnalité m'échappe.

Le désordre d'Adriana et mon intransigeance donnaient lieu à des disputes furibondes. Elle partait en claquant la porte et rentrait parfois deux jours après, de toute façon elle avait un autre endroit où dormir. Elle revenait chez moi pour pouvoir sortir la nuit quand Rafael était au large, il ne devait pas apprendre que sa *nana* s'amusait aussi sans lui. Ces années ont été des années de dérive pour Adriana. Je ne parvenais pas à la maîtriser dans l'exercice périlleux de sa liberté.

Un petit matin d'angoisse, ce sont les carabiniers qui l'ont raccompagnée. Elle s'était rendue à la fête de Notre-Dame des Sept Douleurs dans l'après-midi et je ne l'avais pas revue depuis. Elle se joignait aux bandes les moins fréquentables, se retrouvait dans des quartiers comme San Donato et Rancitelli, elle connaissait des gens qui habitaient dans la cité du « Treno » ou du « Ferro di Cavallo », dont des dealers. Je ne m'explique toujours pas à ce jour qu'elle ne se soit jamais droguée, vu les milieux où elle a trempé. Adriana est ainsi faite, elle se plonge dans la fange et en ressort immaculée.

Les carabiniers l'avaient trouvée en compagnie de certains personnages de Zanni qui, à la fin de cette glorieuse soirée, étaient descendus dans le centre-ville pour casser des vitrines. Elle s'en était tirée avec un simple contrôle d'identité.

« Faites plus attention à votre sœur », m'a dit le vieux carabinier en me regardant épuisée et désolée.

Nos parents ne sont jamais venus nous rendre visite dans cet appartement, ils ne savaient même pas où il se situait. Ils disaient sans développer que j'habitais – nous habitions, par la suite – à Pescara, et ils prononçaient ce nom comme si c'était celui d'un endroit fabuleux, exotique. Les cinquante kilomètres de distance étaient démultipliés par leur profond enracinement dans le village. Ils avaient confiance en moi : « Suffit qu'on ait pas à débourser un centime », disaient-ils, et ils ont arrêté d'avoir à l'égard d'Adriana ce minimum de vigilance qui pouvait donner lieu à des châtiments corporels. À partir du moment où elle m'a rejointe, ils se sont retirés de sa vie. « Maintenant, ta sœur c'est toi qui te la gères », a dit mon père.

Seuls les carabiniers lui ont fait peur, mais ça n'a pas duré. Pendant quelques jours elle n'est pas sortie, elle rangeait et faisait le ménage, taciturne, radio éteinte. J'ai failli croire que le même processus était en cours à l'intérieur d'elle-même.

Avant l'arrivée de ma sœur, j'avais partagé mon studio et mon loyer avec Linda. Ses parents étaient du coin de Teramo, ils venaient la voir chargés de cartons de boîtes de conserve : sauces, confitures, champignons. Ils apportaient même des œufs, et le pain fait par sa mère, encore tiède dans le torchon noué. J'ai un souvenir précis du parfum de ces miches de pain et de la générosité de Linda quand nous étions toutes les deux. Par contre, quand elle invitait un garçon, elle n'envisageait pas une seconde de mettre le couvert pour trois. Elle faisait des études en architecture, il n'y avait pas assez de place dans le studio pour la table à dessin que son père lui avait achetée, alors elle est partie, ou peut-être était-ce à cause du poids intolérable de ma tristesse.

Au moins, avec Adriana, étions-nous à armes égales, abandonnées à nous-mêmes, seules au monde, sœurs. Nous nous disputions à cause de la radio allumée quand je révisais, de la fenêtre qu'elle voulait ouverte et moi fermée, de l'heure à laquelle elle rentrait. Notre présence l'une pour l'autre restait une certitude au fond de la souffrance commune que nous ne nous sommes jamais avouée.

Parfois, le week-end nous rentrions au village, pas

toujours ensemble, Adriana plus rarement. Puis elle a commencé à travailler dans des bars et des restaurants, elle changeait souvent d'endroit. « J'ai besoin de souffler un peu », déclarait-elle au bout d'un moment, et elle se prenait un ou deux mois, quelquefois plus.

Le samedi et le dimanche, ma présence semblait laisser ma mère indifférente. Entre les lessives et les fourneaux, elle ne parlait presque jamais, mais d'habitude elle préparait mes plats préférés, ou alors elle glissait un bocal de conserves au vinaigre dans mon sac au moment du départ.

Ma mère a toujours été imprévisible. Elle avait des attentions inattendues, puis elle se refermait. Je connaissais ces égards et leur intermittence. Je tâchais de les mériter, mais leur présence ou leur absence n'étaient pas des récompenses ou des punitions. J'aurais épargné des forces si j'avais compris plus jeune que son affection ne dépendait pas de moi.

À la fin d'un été, Adriana a demandé du travail à Odilia. Elle avait passé la saison à faire cuire des petites pizzas dans un établissement balnéaire et elle voulait se mettre au frais, a-t-elle dit. C'était un grand bond en arrière, depuis la côte jusqu'à un hameau rural, quelques maisons autour d'un carrefour. Le restaurant

« Au croisement » était plus proche du village que de Pescara, et ce n'était pas la fraîcheur que ma sœur était allée y chercher.

Si ma mémoire ne me fait pas défaut dans cette nuit interminable, je rentrais chez moi après le partiel de critique littéraire. Dès qu'il avait posé un pied sur la terre ferme, Rafael était venu à mobylette sous notre fenêtre et on avait entendu la scène qui avait suivi entre dedans et dehors jusqu'au port, même les poissons dans l'eau avaient dû trembler. En mer, quelqu'un lui avait raconté les vadrouilles d'Adriana pendant ses absences. Après avoir fait un esclandre, il était reparti en faisant crisser les pneus de son vieux Ciao, et elle, elle avait réfléchi un moment puis elle avait préparé son sac.

Le restaurant était toujours plein, en raison des brochettes faites de généreux cubes de viande découpés à la main. Adriana trottinait jusque tard le soir sans regarder à ses horaires de travail et, la plupart du temps, elle restait sur place si elle ne trouvait pas quelqu'un pour la déposer au village. Elle s'est entichée de l'endroit, oubliant pendant un moment Borgo et son amour irascible. Côté route, le restaurant ne différait pas des autres : un petit parking, une enseigne au néon et des pots de géraniums rouges, c'est ce que j'en ai vu quand j'y suis allée. À l'arrière se déployait un terrain mystérieux et en friche, exception faite de l'enclos avec le potager d'Odilia. Ses animaux étaient laissés en liberté, seul le chat dormait à l'intérieur. La chèvre allait parfois brouter les buissons savoureux du fossé non loin. Le matin, toujours à la même heure, le chien aboyait et, comme à un signal convenu, le chat bondissait pour baisser la poignée intérieure de la porte et le faire entrer. La chèvre les suivait à l'étage avec un bruit semblable à celui de petits talons et ils pénétraient tous les trois dans la chambre d'Odilia. La femme ouvrait ses yeux bleus et se tournait vers eux, tout heureuse. Adriana se levait exprès pour les voir, la scène la faisait rire.

Puis Rafael a éprouvé sa nostalgie coutumière pour le corps nerveux et le caractère imprévisible de ma sœur, et il est allé manger des brochettes au restaurant. Quelqu'un avait dû lui dire où la trouver.

Adriana ne voulait pas quitter le restaurant, mais il était soudainement devenu trop loin. Elle a décidé de passer son permis et d'acheter une voiture d'occasion. Quand elle est venue à manquer d'argent, elle a repensé à toutes ses heures supplémentaires non rémunérées et s'est tout simplement servie dans la caisse d'Odilia.

9

Tout s'est déroulé en l'espace d'un après-midi.

Odilia a laissé chèvre, chien et chat, et est venue au village à bord de son triporteur. Elle a pris les virages en côte, en poussant sur le moteur. Elle connaissait la route, le parking au pied de l'immeuble où les enfants se rebellaient à l'arrivée de chaque voiture parce qu'elles empiétaient sur leur espace de jeu. Elle était venue quelquefois chercher Adriana, quand celle-ci avait raté l'autobus et qu'au restaurant la viande attendait d'être enfilée sur les brochettes. Cette nuit-là, Adriana n'était pas restée dormir chez elle, elle était partie avec Rafael en la saluant du coin de la bouche. Quelques jours auparavant elle lui avait demandé ses deux ou trois mois de salaire en souffrance, lui reprochant également les heures supplémentaires jamais prises en compte. De toutes les filles qui avaient travaillé là, Adriana avait été la plus vive, mais presque trop, en fin de compte. Aucun doute qu'elle ne se présenterait plus jamais, après avoir vidé la caisse.

Cependant, elle n'était pas à la maison. Entendant les coups de sonnette insistants, ma mère était sortie sur le palier, les voisins qui se reposaient à cette heure caniculaire et nuageuse ont eux aussi entendu Odilia, transpirante et essoufflée. Ils ont entendu ce qu'elle était venue dire sur la fille d'Evuccia, et ils en ont parlé pendant des semaines. Au village, on doit encore se souvenir du forfait d'Adriana au restaurant

« Au croisement », qui depuis n'existe plus.

Le temps que le soleil tombe derrière les Capucins, tout a basculé. Ma sœur devait être arrivée depuis peu quand je suis descendue du bus, à coup sûr elle avait dormi à Borgo Sud. J'ai entendu les cris, de plus en plus forts à mesure que j'approchais, puis j'ai commencé à discerner des insultes et des jurons, et le mot « honte » répété de part et d'autre. Je me suis élancée vers la place, sans me soucier des rares passants qui me regardaient, étonnés de ma course à perdre haleine. Mon cœur martelait ma poitrine et la honte qu'elles se criaient à la figure était déjà sur moi. Quand j'ai monté l'escalier, je n'entendais plus seulement des cris, mais d'autres bruits. Je les ai identifiés dès que j'ai passé la porte : gifles, bousculades, coups ; un corps qui tombait ou allait cogner contre le mur, la table en travers, les chaises renversées. Le linge rentré et éparpillé par terre, un habit portait l'empreinte noire d'une semelle. Ma mère frappait Adriana, et jusque-là la scène était crédible, mais Adriana aussi frappait ma mère. Elle lui a mordu un bras sous mes yeux, sous mes yeux elle lui a administré une claque de toutes ses forces. J'ai eu besoin de quelques secondes pour concevoir la scène à laquelle j'assistais. Puis j'ai fermé la porte et je me suis jetée au milieu de cette fureur, en criant à mon tour : « Stop, ça suffit, lâche-la ! » J'ai récolté pattes et griffes, qui continuaient de se battre par réflexe. Elles se sont soudainement arrêtées, seul est resté leur souffle court, chaud et frénétique sur ma peau.

Quand elle a pu, ma mère a parlé : « Dis rien à ton père, y va pas tarder à rentrer. »

Elle s'est décalée d'un pas pour faire de nouveau face à Adriana. Par le décolleté de sa robe de tous les jours elle a sorti un sein, je n'avais jamais vu cette partie d'elle si intime, blanche, flétrie par l'appétit de six enfants. Elle l'a pris entre son index et son majeur, comme pour le donner à un nourrisson, elle a braqué son mamelon violet.

« Sois maudite pour toujours, malheureuse qui a levé la main sur moi. Je t'ai donné mon sang et mon lait, je te maudis. »

Elle a rentré sa mamelle dans son corsage, a remis une chaise en place, pris des chiffons et a disparu dans sa chambre. Adriana est restée immobile, vidée, les cheveux collés à son visage plus pâle que jamais. Je la regardais, prise dans un nœud inextricable de peine et d'horreur.

Je ne sais pas avec certitude laquelle des deux a commencé. Ma sœur a juré que ce n'était pas elle, elle avait reçu comme d'habitude des insultes – putain, voleuse – et les premières gifles. Elle m'a raconté cela plus tard, nous étions déjà couchées. Seul notre père avait dîné, chacune d'entre nous s'était inventé une excuse, mal de tête, mal de ventre.

« Quand elle a balancé que je déshonorais la famille, j'ai vu rouge, j'ai commencé à taper moi aussi. C'est quoi, cette putain de famille ? » a-t-elle demandé.

Je n'ai pas su lui répondre.

J'avais peur de cette malédiction. Ce n'étaient que de vieilles superstitions, de la pensée magique et de l'ignorance, essayais-je de me rassurer, mais j'avais peur pour elle.

Elle a repris sa vie à Pescara, un peu chez moi, un peu à Borgo Sud, travaillant où elle trouvait à se faire embaucher. Je voyais cette ombre planer sur elle, et je suis certaine qu'elle aussi en sentait le poids.

Plus tard, j'ai affronté ma mère en son absence.

« Tu dois lui retirer cette malédiction. Adriana est ta fille. »

Elle a haussé les épaules, avec cette manière bien à elle de tout minimiser.

« Je sais pas la retirer. Si ta sœur change pas, elle va mal finir », a-t-elle dit.

Mon téléphone vibre de nouveau, il se déplace un peu sur la table de chevet. Je ne pensais pas recevoir une réponse à mon message d'il y a quelques minutes, j'ai juste lancé une question, un hameçon dans la nuit, le silence, convaincue que ça ne mordrait pas. Je ne suis pas la seule à ne pas trouver le sommeil, semblerait-il. Une langue formelle raconte que les circonstances de l'événement restent obscures et que l'on y verra plus clair dans les prochaines heures. Puis le registre change : *Je passerai à l'hôtel à huit heures, essaie de dormir maintenant. Tu verras, demain on en saura plus*. Nous nous trompons tous, avec ce demain qui est déjà aujourd'hui.

La tentation d'appeler Christophe court jusqu'à

mes doigts, voici son numéro. Je renonce. Ici, je ne trouve pas le courage. Si j'étais à Grenoble, je traverserais le palier et je frapperais doucement à sa porte, il dit que je peux le faire quand je veux.

« Hector voulait aller chez toi », m'excuserais-je.

Parfois, il est déjà debout à cette heure, plongé dans ses notes. Ou alors il ne s'est pas couché du tout, il n'y a pas moyen de le savoir – son sommeil est court et profond. Il lui suffit d'un coup d'œil pour savoir comment je vais. Je m'assieds sur le petit canapé couvert de laine colorée, il allume la bouilloire et me présente la boîte en bois remplie de tisanes : ma préférée est l'infusion sauge-citron. Pour le chat, des croquettes Dano, bio. Quand j'ai une tasse chaude entre les mains et Christophe assis en face de moi, si tranquille, il m'est facile de me confier. Il regarde mon pyjama de soie bleue et dit que je suis élégante même la nuit. Il parle peu de lui, mais il est très attentif aux autres. Il caresse notre chartreux sur ses genoux et il écoute. Il relève les pointes d'accent italien dans mon français.

Puis Hector ouvre ses yeux jaunes et passe sur mes genoux. Je sens la chaleur des mains de Christophe sur son pelage gris. Il est venu nous voir immédiatement, après la mort de sa vieille maîtresse, au deuxième étage. C'était une femme seule et le chat le savait, il est monté jusqu'au dernier et a miaulé à la porte de Christophe. Il a flairé l'odeur de la personne qui s'arrêtait toujours en le voyant dans l'escalier. Je ne sais pas ce que je donnerais pour que mon voisin soit là, maintenant.

Le jour où Adriana l'a frappée, ma mère m'a enjoint

de ne rien dire à mon père, mais c'était inutile. Je n'en ai jamais reparlé, même pas à moi-même.

Elles ne se sont pas adressé la parole pendant des années, les rares fois où Adriana se présentait chez eux elles communiquaient par des expressions renfrognées, des monosyllabes, des consignes du coin de la bouche – sors la poêle, passe la serpillière.

J'aurais préféré que ma sœur n'y aille pas du tout, surtout quand je n'étais pas là. J'avais peur que la scène se reproduise. Peut-être qu'elle avait peur elle aussi, mais elle y retournait quand même. Elle y retournait pour se sentir fille, née, vivante sur terre.

C'était cela, ma famille. Comme Adriana, je rentrais le samedi après-midi pour retrouver cette racine douloureuse. Je n'emmenais personne de Pescara au village, jamais une amie, un petit copain, Piero non plus, pendant très longtemps. Au niveau du pont au-dessus du Tavo, je franchissais seule une frontière qui coupait le monde en deux.

Plusieurs fois, Piero a insisté pour m'y déposer en voiture, et nous nous saluions sur la place, devant la pompe à essence. Les rumeurs sur mon petit ami de la ville sont parvenues aux oreilles de mes parents.

« Pourquoi tu le fais pas monter ? » demandait ma mère.

C'était toujours prématuré, même quand une alliance en or blanc s'est mise à étinceler à mon annulaire gauche. Le jour où je l'ai invité à dîner, la date de notre mariage était déjà fixée.

Mon père avait repeint la salle à manger et la cuisine, où la détrempe s'était écaillée à plusieurs endroits et présentait des taches de graisse au-dessus de la gazinière. Ma mère a acheté un service d'assiettes au marché du jeudi, sinon elles auraient été dépareillées et, pour certaines, un peu ébréchées. Ce n'était pas la porcelaine blanche à laquelle Piero était habitué, mais leur couleur brillante s'accordait bien avec la nappe repassée et elles me plaisaient.

Elle a préparé un bouillon de crêpes – les *crispelle* – en entrée, en plat principal un poulet fermier qu'une paysanne lui avait apporté le matin même. Je l'aidais l'œil rivé sur l'horloge, une pomme de terre puis le couteau m'ont échappé des mains. J'ai cassé un verre et les éclats ont volé dans toutes les directions.

Peu avant l'arrivée de Piero, nous nous sommes disputées à cause de la douche : nous voulions la prendre toutes les deux au même moment, ma mère trouvait qu'elle sentait le poulet au four. Elle m'a demandé de la coiffer et j'ai obtempéré, en dépit de l'embarras que me causait cette proximité insolite avec son corps.

« T'aurais pu être coiffeuse », a-t-elle commenté une fois la chose faite, et je ne sais pas ce que cette phrase exprimait : de la gratitude, un compliment, l'allusion à un travail plus utile et plus concret.

Rien de ce que je craignais ne s'est passé, Piero a apprécié l'entrée et a déclaré en se léchant un doigt qu'il n'avait jamais mangé un aussi bon poulet. Il parlait avec mon père de sa passion pour la montagne et des embouteillages infernaux à Pescara. Ils se comprenaient, entre l'italien de l'un et le dialecte plus ou moins amélioré de l'autre. Ils servaient le vin à tour de rôle.

Ma mère, plus silencieuse, allait et venait entre la gazinière et la table, le regard fixé sur notre hôte. Quand ils se sont salués, il lui a instinctivement fait la bise.

Plus tard, alors que je faisais la vaisselle et qu'elle retirait la nappe, elle a déclaré : « C'est un beau jeune homme, mais ça se voit qu'il est pas de notre milieu. Il m'a l'air un peu trop bien pour toi. »

J'ai fermé le robinet et me suis tournée vers elle. Sans le vouloir, elle portait des coups si inattendus, si profonds. Peut-être que moi aussi je sentais que Piero était trop bien pour moi.

Je me suis mordu la lèvre, qui a arrêté de trembler.

Alors, j'ai répondu.

« Rappelle-toi que j'ai grandi ailleurs. Et que j'ai fait des études. »

Elle ne s'est pas laissé impressionner pour si peu, c'est elle qui a eu le dernier mot : « Si plus tard il te fait souffrir, viens pas chouiner ici. »

Ce n'était pas la malédiction lancée à Adriana, mais cette phrase pesait autant qu'une prophétie.

L'obscurité de la chambre 405 s'éclaire soudain d'une vérité inattendue : ma mère avait deviné l'avenir de ses filles, elle le pressentait dans son corps, à sa manière viscérale, physique, comme une colique, un trouble intestinal. Ma mère vivait dans les présages. Quand Adriana a débarqué chez moi avec l'enfant accroché à son cou, quand elle m'a informée des dettes de son homme, elle avait vraiment un visage maudit.

10

Les joues creusées de fossettes, l'enfant riait devant les mimiques et les coucous de la vendeuse. Celle-ci le tenait assis sur le comptoir en bois, à côté de la caisse. La patronne les observait, amusée, des robes sur le bras, attendant de les passer à une cliente dans la cabine. Une main que je connaissais s'est tendue hors du rideau pour les attraper. Je feignais de l'intérêt pour les vêtements exposés en vitrine, je regardais les prix, incrédule – plus de trois cent mille lires la jupe crayon –, tout en épiant à l'intérieur.

J'avais vu Vincenzo par hasard. Et voilà Adriana, avec une robe à bretelles en camaïeu allant du bleu clair sur la poitrine au bleu foncé au niveau des chevilles. Elle se mirait, satisfaite, se tournait pour voir l'effet dans son dos. La patronne lui a montré un boléro assorti, mais elle a secoué la tête. En revanche, elle a pris la robe, dans un élégant sac noir portant l'inscription SANTOMO. Je me suis éloignée avant qu'elle sorte.

J'ai ruminé ma colère sur le chemin de la maison : malgré sa grande peur que Dieu sait qui la retrouve, elle avait poussé jusqu'à la boutique la plus célèbre de la ville. Elle est entrée dans la via Zara alors que j'ouvrais la porte de l'immeuble, elle marchait d'un pas vif derrière la poussette. À la voir de loin, avec ses cheveux si courts et mes lunettes de soleil, on aurait dit une punk.

« Tu me dis que vous êtes endettés et après tu vas t'habiller chez Santomo ? »

Je m'en suis prise à elle dès qu'elle a franchi la porte de l'appartement, sans lui laisser le temps de défaire la ceinture de Vincenzo et de le prendre dans ses bras.

« Si tu veux savoir, dans dix jours je suis de mariage à Picciano et je compte pas me pointer en haillons », a-t-elle répondu sans se démonter.

Elle serait la témoin de la mariée au mariage de la cousine de Rafael. Quand elle a évoqué l'absence presque certaine de ce dernier, sa voix s'est brisée.

« Pourquoi il ne rentre pas ? ai-je demandé, irritée.

— Il est au Maroc, il participe à une pêche transocéanique », a-t-elle dit.

Depuis deux mois, sa barque était amarrée au port, il était parti à la recherche de gains plus importants. Parfois, les vérités d'Adriana surgissaient à l'improviste, en pointillés.

« Tu peux me dépanner pour la robe, non ? Je te rendrai le fric à Noël », a-t-elle promis, comme si elle était sûre de gagner à la loterie.

À la boutique, elle avait laissé un acompte, mon numéro de téléphone et surtout le nom de famille de Piero, parmi les plus connus en ville.

« Tu n'as vraiment honte de rien », lui ai-je crié en m'emparant de mon sac à main.

Je suis sortie en toute hâte et j'ai réglé sa dette avant la fermeture en faisant un chèque. La dame aux bracelets cliquetants m'a dit qu'elle avait fait à l'avance un tarif de soldes à cette jeune femme si sympathique. Tu parles d'un rabais, avais-je envie de lui répondre tandis que j'écrivais « six cent mille » à côté de « lires », son parfum dans les narines. Je l'ai sommée de ne plus faire crédit à ma sœur.

« Elle aime les vêtements de marque mais elle ne peut pas se le permettre. C'est la dernière fois que je paie pour elle. »

Je lui ai également demandé, en la prenant un peu à part, de ne rien dire à la mère de Piero, une de ses meilleures clientes.

J'ai toujours limité autant que possible les contacts entre ma famille et la famille Rosati, elles ont dû se voir deux ou trois fois autour de la date de notre mariage. Mes parents étaient inoffensifs, ils restaient tranquillement au village, de l'autre côté d'une ligne de démarcation imaginaire. Ils n'avaient pas la moindre envie de traverser le pont qui enjambe le Tavo, pas le moindre intérêt pour la ville ou la mer. De leur vie, ils n'ont jamais mis les pieds à la plage, ils regardaient avec une sorte de compassion les estivants en maillot à la télévision.

En revanche, Adriana représentait un danger, ses itinéraires imprévisibles pouvaient la conduire n'importe où. Je craignais que Costanza vienne à en apprendre trop sur le compte de ma sœur, si tête brûlée.

« Ne dis pas à tes parents qu'Adriana et l'enfant sont ici, de toute façon ils ne resteront pas longtemps », avais-je recommandé à Piero.

Je ne lui ai pas parlé de la robe avec de vrais coquillages incrustés dans le corsage, de son nom de famille utilisé comme garantie pour l'obtenir. Il l'a complimentée quand il l'a vue avec, le matin du mariage.

« C'est moi qui la lui ai offerte », ai-je menti, seulement en partie.

Adriana est opportuniste par instinct, pas par calcul. Elle se sert des gens qui peuvent lui être utiles tout en conservant une sorte d'innocence, une candeur enfantine. Elle laisse entendre que l'on peut disposer d'elle de la même manière.

Je ne me souviens plus au bout de combien de temps elle s'est présentée à la banque pour faire un emprunt en donnant le nom de Piero comme garant. Elle a dit à l'employé de préparer la documentation,

M. Rosati passerait signer.

Les dettes de Rafael étaient les siennes, une obsession, un trou noir qui aspirait son énergie. Elle a gâché des années de sa vie à chercher de l'argent. J'ai mis du temps à apprendre à lui dire non. Alors elle en a demandé à Piero, en catimini. Qu'il ne soit plus mon mari était pour elle un détail négligeable.

« C'est toi qu'il a quittée, pas moi », a-t-elle répondu avec une logique imparable quand je m'en suis aperçue.

Peut-être qu'à cette heure je pourrais prendre quelques granules supplémentaires de Sédatif PC. Je n'espère plus dormir, mais elles pourraient m'aider à affronter la journée de demain. Qui, depuis plusieurs heures déjà, est aujourd'hui. Je vais un moment à la fenêtre, je regarde ce rectangle de ville si américaine. À chacun de mes retours, je découvre une nouveauté.

Pescara, terrain de jeu pour artistes et architectes. Nous avons aimé cette ville, ma sœur et moi, chacune à sa manière. Elle nous a accueillies. Si Adriana n'avait pas gâché son talent pour le dessin, elle aurait pu concevoir elle-même la gare avec sa façade réfléchissante, le Ponte del Mare, la fontaine en forme de verre à pied pour la piazza Salotto. J'avale les granules à sec.

Adriana et l'enfant étaient chez nous la première fois que Piero n'est pas rentré dormir. J'ai passé mon temps à imaginer l'accident. J'ai pris un anxiolytique, à l'époque c'était du Tavor. Le comprimé ne m'a pas calmée, je continuais de faire les cent pas entre notre chambre et la cuisine, dans un couloir d'angoisse. Je voyais les détails, la tôle tordue et fumante, l'huile de moteur qui coulait sur le bitume. Et Piero mort, sa beauté intacte sous la lumière des gyrophares.

Le lendemain était un dimanche, le matin Adriana est sortie pieds nus sur la terrasse avec la robe qu'elle avait portée au mariage, la semaine d'avant. Sa jupe était un pan de mer ondoyant dans la brise. Agrippé au cou de sa mère, Vincenzo, tout nu, essayait de détacher un coquillage de son corsage. Ils étaient l'image de l'été, de la vie.

« Tu t'habilles comme ça pour le petit déjeuner ? lui ai-je demandé, fascinée malgré moi.

— T'as vu comme il fait beau ? Je veux fêter ça, a-t-elle dit en éloignant les doigts de l'enfant du coquillage. Et puis je veux pas perdre une occasion de la mettre, vu ce que tu l'as payée. » Et elle a pivoté sur elle-même pour me montrer la splendeur de l'étoffe gonflée par le vent.

« Il est où, Piero ? a-t-elle demandé en sirotant son café.

— Il a téléphoné tout à l'heure, il est resté à Rome après son congrès.

— Il aurait pu t'appeler hier soir, t'as une tête de revenante avec tes valises !

— Il a décidé ça tard, il ne voulait pas me réveiller », ai-je répondu, sombre, sur ma chaise en osier.

Elle a réfléchi, comme si elle se retenait de dire quelque chose.

« Vu tous les congrès où il va, ça doit être le dentiste le plus fort d'Italie, ton mari », a-t-elle fini par commenter.

Piero n'a pas laissé à ce soupçon le temps de m'atteindre, il est arrivé alors que nous étions encore là, devant nos tasses vides. Je ne me suis pas levée pour le saluer, je crois même que j'ai un peu tourné la tête quand il s'est penché pour m'embrasser et me présenter mille excuses, aussi nombreuses que ses baisers sur mes cheveux. Il avait apporté des croissants de chez Renzi et un cadeau pour moi acheté à la capitale : des boucles d'oreilles ethniques en argent ornées de petits coraux. La nuit précédente m'est apparue comme un cauchemar que je pouvais oublier. Adriana le regardait, silencieuse et sournoise, dans sa robe mouvante.

Et puis ça s'est reproduit. Il collaborait depuis peu avec un cabinet de Foggia, il s'y rendait une fois par semaine. Il m'a dit de ne pas m'inquiéter s'il ne rentrait pas le soir : il était plus prudent de dormir sur place après une journée de travail. Me souvenais-je de ce coup de fatigue sur l'autoroute, deux ans auparavant ? C'était un miracle qu'il n'ait pas eu d'accident.

Je ne m'inquiétais pas. Aujourd'hui, je peine à me reconnaître dans l'épouse accommodante que j'ai été. Je m'obstinais dans la patience.

Nous devions participer à une excursion dans le massif de la Maiella, ce dimanche-là, mais à cette heure les autres étaient déjà partis.

« Puisque c'est ça, je t'emmène à la mer, pas en bas de la maison mais à la tour de Cerrano », a proposé Piero, désireux de se rattraper.

Adriana s'est brusquement penchée par-dessus la table pour récupérer mes lunettes de soleil et les a mises. J'ai vu l'éclat noir de son regard darder Piero, un instant avant qu'elle le masque.

Nous y sommes allés à moto, filant sur le littoral. J'ai tenu sa taille bien serrée pour rester en selle. Après des années passées ensemble, il m'arrivait encore d'être prise au dépourvu par une crampe de désir. De temps à autre, il lâchait le guidon pour me caresser le bras. Il y avait peu de monde sur la plage au pied de la tour. Nous nous sommes couchés à plat ventre sur nos serviettes côte à côte. Le gravelot est venu vers nous en courant entre les dunes, suivi par ses poussins qui avaient déjà un peu grandi. Nous n'avions pas vu son nid dans le sable, à quelques mètres de nous. Ils se sont blottis dans le trou, les petits se sont réfugiés sous les ailes maternelles, où le plumage est plus épais et plus doux. J'ai murmuré mon émerveillement à Piero, mais il leur a à peine jeté un regard, puis il s'est levé, nerveux.

Je suis allée sur le rivage, il était déjà loin, il nageait

à travers les bandes colorées de la mer, méthodique et rapide. En quelques minutes, sa tête est devenue un point sombre dans le bleu. Je me suis baignée seule.

« Il fait beau en Croatie ? ai-je plaisanté quand il m'a rejointe à nos serviettes.

— Il pleut, a-t-il répondu en secouant sa tête mouillée au-dessus de mon dos.

— Hier, Morelli m'a appelée, il nous invite à passer deux jours dans sa maison à Scanno. Il va me confier un séminaire important en septembre, je peux prendre un auteur du XXe de mon choix. »

Il était content pour moi, Piero m'avait toujours prédit une brillante carrière. Il déclarait à tout bout de champ que lui-même avait été un étudiant médiocre, qu'on n'aurait jamais pu fêter son diplôme s'il ne m'avait pas rencontrée.

« Je pensais proposer Pavese, mais pour son œuvre poétique. *La mort viendra et elle aura tes yeux*, tu te souviens ? »

C'était le premier cadeau que je lui avais fait, par une tiède soirée de mai. Le titre l'avait un peu surpris ; le fin volume à la main, il faisait aller ses yeux de la couverture à moi. Il a dû lui faire l'effet d'un pressentiment plus que d'un don. Je portais ces pages enfouies dans ma mémoire profonde, et je ne savais même pas pourquoi. Je lisais le caractère improbable de l'amour dans chaque vers, puis Piero était arrivé et l'avait démenti.

Nous nous étions rencontrés quelques semaines auparavant, dans l'escalier de l'université. Il était assis, l'air torve, avec un manuel ouvert à l'envers quelques marches plus bas.

« Tu as fait tomber ton livre », lui avais-je dit en le lui tendant.

En réalité, le volume de Marmasse avait pris un vol après un deuxième échec au partiel d'odontologie conservatrice. Il l'avait repris par politesse.

« Ça te dit un café ? Ça me remontera peut-être le moral. »

Tous les garçons que j'avais fréquentés s'étaient effacés à cet instant. Notre histoire avait commencé comme ça. Au même moment, Morelli m'attendait dans son bureau pour parler de mon projet de thèse.

Je me suis tournée, Piero dormait en séchant au soleil. Les gravelots ont quitté leur nid en sautillant sur le sable.

Il s'est réveillé en sursaut, peut-être à cause d'un rêve. Il a jeté un regard désorienté autour de lui, il a reconnu la tour, moi à son côté.

Nous avons déjeuné au Cerrano Sub, l'établissement balnéaire le plus proche. Nous connaissions son propriétaire, un homme âgé et squelettique, bronzé en toute saison. C'était lui qui cuisinait, des *penne* aux coques et aux tomates fraîches en entrée, et comme plat principal seulement du poisson grillé. Nous avons saucé notre assiette, le pain avait la saveur de la mer.

Je ne lui ai rien demandé, ce jour-là, il nous servait le vin blanc et faisait résonner son verre contre le mien. Je buvais, rassurée.

Piero était entouré d'une sorte de champ magnétique qui, les années qu'a duré notre mariage, a repoussé ma colère, exclu certaines questions, provoqué des malentendus. Je ne l'ai jamais entièrement atteint dans son isolement, jamais dans sa vérité. J'avais peur de pousser au-delà des apparences, aussi calmes que la mer derrière les dunes de Cerrano.

11

Nous avons fui la ville à moto, par un matin voilé. Dans les gorges du Sagittario, nous avons retrouvé une fraîcheur qui nous manquait depuis des mois, je frissonnais dans l'ombre.

« Allons donc voir ce fameux professeur », avait dit Piero.

Je n'arrivais pas à croire qu'il ait accepté sur-le-champ de m'accompagner à Scanno. Quelquefois, il bâillait quand je lui parlais, aussi enthousiaste qu'une fervente disciple.

Morelli nous attendait sur la place du village, un journal sous le bras. Il ne portait pas un de ses sempiternels complets sombres, mais un polo bleu clair, et souriait dans sa barbe bien entretenue. Nous ne nous étions jamais vus en dehors de l'université, il m'a serré la main avec une chaleur nouvelle. Je lui ai présenté mon mari.

« Nous nous sommes déjà vus à Pescara, au cercle de tennis », a-t-il dit en le scrutant.

Piero avait recommencé à jouer depuis un an. La montagne ne suffisait plus à combler son besoin de bouger, de se dépenser. Ça le détendait d'aller au cercle après les journées passées penché au-dessus des bouches de ses patients, disait-il. Il a un peu réfléchi, il ne se souvenait pas d'avoir vu le professeur.

« C'est normal, je ne viens que de temps en temps regarder quelques sets, mais je ne sors plus ma raquette. Vous jouez avec Davide Ricci, le fils de mon ami ingénieur. Il est fort Davide, avec son corps d'athlète, hein ? »

Piero n'a pas répondu. Puis, alors que nous marchions entre les maisons en pierre, ils ont parlé de coupes, tournois, terre battue ou gazon. J'écoutais en silence, je n'avais jamais assisté à un match de Piero et je ne lui demandais pas s'il avait gagné ou perdu. Je ne savais pas avec qui il jouait. Je n'avais idée que de la tenue qu'il mettait dans la machine à laver.

« C'est ici qu'en 1957 Giacomelli a pris la célèbre photo qui est exposée au MoMA, a dit le professeur en tendant le doigt.

— *Scanno Boy*, me suis-je souvenue.

— Oui. Cet enfant qui marche, les mains dans les poches, avec un regard d'adulte, seul personnage net entre des femmes habillées en noir. » Morelli s'est tourné vers moi, de trois quarts. « Cartier-Bresson et Berengo Gardin ont eux aussi travaillé dans ces rues. » Il montrait les merveilles du village de la même manière qu'il aurait indiqué le tableau pendant un cours.

« Mais avant eux, a-t-il ajouté en effleurant mon bras, il y a eu une femme, Hilde Lotz-Bauer, dès les années 1930.

— Alors vos connaissances ne s'arrêtent pas au

tennis et à la littérature, vous vous y entendez aussi en photographie», a dit Piero, un pas derrière nous.

Morelli s'est tourné vers lui, laissant son ironie flotter pendant un instant. Il a répondu au bonjour d'un homme qui, en nous croisant, l'avait salué avec déférence.

«Comme dit Ennio Flaiano, aujourd'hui même les crétins sont spécialisés. Moi, je préfère garder les yeux ouverts sur le monde», a-t-il déclaré.

Je sentais le mécontentement de Piero comme un courant électrique. Il ruminait quelque chose, peut-être qu'il se sentait mis à l'écart.

Nina nous a accueillis dans une maison soigneusement meublée, avec de rares concessions à l'esprit rustique: quelques murs lambrissés, une cheminée en pierre qui occupait tout un côté du salon. Elle portait un parfum aux notes florales et ses joues avaient rosi devant les fourneaux. Seule coquetterie dans sa mise d'une simplicité raffinée, les *circeglie*, ces pendants d'oreilles à breloques typiques de Scanno, qui oscillaient à ses lobes.

«Je suis ravie de faire enfin ta connaissance. Il me parle de toi depuis l'époque où tu étais une de ses étudiantes.»

Elle a ignoré la main que je lui tendais pour me prendre dans ses bras. Par la suite, je devais toujours l'entendre évoquer son mari avec ce pronom, un *il* qui avait une résonance aussi forte qu'un *ipse* latin. Ils étaient comme je les avais imaginés: se passant l'eau ou le pain avec des gestes tendres. Ils n'étaient pas distraits par leurs enfants, ils n'en avaient pas.

Nous avons déjeuné dans une cuisine lumineuse, les deux fenêtres ouvertes étaient comme des tableaux du lac, des forêts. J'étais assise en face du professeur, Piero à côté de moi. Alors qu'il mâchait ses tagliatelles aux cèpes, il s'est soudain interrompu. Du coin de l'œil, je l'ai vu poser sa fourchette et rester immobile.

« Que se passe-t-il ? Vous êtes déjà rassasié ? lui a demandé Morelli.

— Je suis désolé, je ne mange pas de champignons, a menti Piero.

— Il y a un instant, vous aviez l'air d'en manger avec plaisir, a fait remarquer le professeur.

— Alors excusez-moi, mais avec ce cheveu dans mon assiette je n'arrive pas à finir. »

Nous avons regardé, et le cheveu de Nina était là, teint en châtain, capricieusement enroulé autour d'une tagliatelle. Nina s'est levée et l'a fixé sans bouger, les mains ouvertes sur le bord de la table. Elle secouait la tête de manière mécanique et incontrôlable, ses boucles d'oreilles tintaient comme des clochettes.

« Calme-toi, Nina, ça peut arriver, lui a dit son mari en lui touchant le bras pour la faire doucement se rasseoir.

— Ne vous inquiétez pas, je mangerai volontiers le plat suivant », l'a rassurée Piero à son tour.

Morelli ne l'a plus lâché des yeux.

Personne n'avait plus d'appétit, le professeur et moi nous sommes remis à enrouler sans entrain les pâtes avec nos fourchettes. Sa femme s'est d'abord efforcée de faire de même, puis elle a renoncé. Je ne me souviens plus au bout de combien de temps le tremblement de sa tête a cessé.

« C'était délicieux », ai-je dit à la fin, les joues encore empourprées.

Je ne regardais pas Piero. Il a fait l'éloge du rôti, mais si la portion supplémentaire qu'il a presque exigée lui a peut-être permis de regagner la bienveillance de Nina, il avait perdu celle de Morelli. Celui-ci ne pouvait pas lui pardonner d'avoir pris sa femme en défaut.

« Alors comme ça vous êtes prothésiste », a-t-il dit en piquant dans une pomme de terre nouvelle.

Chirurgien-dentiste, a précisé Piero. Personne ne pouvait mieux qu'un professeur des universités connaître la différence, mais la joute a continué, avec d'autres demandes d'éclaircissements. Sur les raisons de devenir dentiste, par exemple. Était-ce un *métier* que l'on choisissait en raison d'une vocation improbable ou par désir de gagner de l'argent ? Piero a commencé à perdre patience et à s'agiter sur sa chaise, moi à transpirer. J'ai posé une main sur sa cuisse contractée, sous la nappe. Il l'a repoussée d'un geste brusque. Il a dit qu'il fallait bien des gens pour faire les boulots ingrats.

« Vous avez suivi les pas de votre père, je le connais de réputation, mais lui il est médecin », a insisté Morelli.

Il humait la tarte aux fruits des bois encore tiède que Nina nous servait, rassérénée. Il s'est gratté la joue, produisant un bruit râpeux.

« Moi, j'ai choisi de faire des études plus courtes, je

ne voulais pas gâcher toutes ces années la tête dans les livres », l'a provoqué Piero.

J'ai alors craint que Morelli le chasse de cette maison de vacances aux murs tapissés de volumes précieux. J'ai aussi craint de perdre son estime, qui ce jour-là, loin des salles grises de l'université, s'exprimait sous une forme plus affectueuse. Il m'a regardée, et n'a rien dit.

Il a baissé d'un ton et s'est autorisé une dernière réplique : « Je comprends qu'il faille un certain courage pour renoncer à l'activité lancée par un de ses parents. »

Piero a ouvert la bouche pour riposter, puis l'a aussitôt refermée. Il a continué de modeler un bout de mie de pain et en a fait une boulette. Les signes avant-coureurs que je sentais déjà sur la place du village se sont transformés en douleur à l'estomac, intense. Je me suis excusée et suis allée à la salle de bains. Assise sur le bord de la baignoire, je me suis pliée en deux, retenant mon souffle. Dans mon vertige, je voyais tourbillonner les serviettes en lin aux initiales brodées, la savonnette bleue et le flacon baroque du parfum de Nina. J'avais beau tendre l'oreille, je n'entendais plus leurs voix, là-bas. Je ne savais pas si je devais interpréter cela comme un signal inquiétant ou rassurant. J'ai soulevé l'abattant des toilettes juste à temps pour vomir ce déjeuner si catastrophique.

J'étais pressée de les rejoindre. Je me suis rincé la bouche et j'ai pris un Spasmomen dans mon sac.

Nina m'a demandé comment j'allais. Ils s'étaient

installés au salon pour boire le café. Ils avaient l'air paisibles, tous les trois. J'ai regardé Piero d'un autre œil. Pour la première fois, j'ai eu honte de lui. C'était peut-être ce que le professeur voulait, au fond.

En proie à une obscure contagion, pendant quelques heures je me suis rapprochée de son point de vue. Mon mari a changé en moi. Quand nous nous étions rencontrés, il voulait abandonner ses études, il avait déjà deux ans de retard. Je l'avais aidé à réviser quelques-uns de ses partiels : je me souviens des pages illustrées d'images impressionnantes de tumeurs de la cavité buccale. Il me récitait ses cours la nuit, dans le lit de sa maison de campagne, entre deux baisers. Et la classification d'Angle, qu'il n'arrivait pas à mémoriser : « En classe 1 la cuspide mésiobuccale de la molaire supérieure est en occlusion avec le sillon de la molaire inférieure. »

Ce jour-là à Scanno, j'ai découvert sa gêne vis-à-vis des figures d'autorité et de la vie en général. Malgré l'assise que lui conférait une famille stable, il était moins sûr de lui que moi.

Les tasses vides sur la table basse, les petites cuillères à côté. Personne ne parlait. De sa paume ouverte, Morelli a donné un coup ouaté au bras de son fauteuil, comme un signal pour débloquer la situation.

« J'imagine que vous êtes également venue pour me questionner sur le séminaire, m'a-t-il dit.

— J'en profite pour aller faire un tour au bord du lac », a déclaré Piero avant de bondir sur ses pieds.

Dans ce mouvement, son corps est devenu pendant un instant le centre de la pièce, il l'a illuminée. Le professeur lui a proposé sa bicyclette avec la gentillesse qu'il avait manifestée à notre arrivée. J'ai regardé Piero sortir sans identifier le soulagement que j'en tirais.

Le bureau de Morelli sentait le papier et le bois. Le professeur est reparti dans l'autre pièce pour récupérer ses lunettes. Il n'y avait qu'une table, avec une chaise d'un côté et de l'autre, pour accueillir un éventuel invité. Sur une étagère de la bibliothèque qui occupait tous les murs se trouvaient des volumes sur l'histoire de Scanno, la transhumance, le sentier L'Aquila-Foggia.

« Vous pouvez l'ouvrir », a dit le professeur en indiquant le vieux dossier que je regardais.

Il contenait les dessins au crayon du père de Nina, un des orfèvres les plus connus de Scanno. Sur du papier dessin, il avait esquissé des pendentifs traditionnels : des *presentose* et des *amorini*, ainsi que des *circeglie* identiques à celles que Nina portait.

Nous avons parlé de l'organisation du séminaire, je lui ai rappelé que c'était une première pour moi, je ne savais pas par où commencer.

« Vous pouvez démarrer avec *Travailler fatigue* en mettant en lumière l'influence de la littérature américaine, mais ne vous contentez pas de Whitman, qui est une évidence. Parlez au moins de Steinbeck et de Faulkner, et n'oubliez pas le cinéma : Keaton et Chaplin, a-t-il dit.

— J'espère que je ne vous décevrai pas, ai-je répondu, un peu intimidée.

— Laissez tomber l'amour malheureux, c'est bon

pour les premières années. Un dernier conseil : n'y passez pas tout votre mois d'août. Pensez aussi à vous amuser. »

Il a fait un geste vague en direction de la fenêtre, du lac, de Piero qui pédalait sur la rive, assez loin de nous.

Peut-être que personne ne le désirait vraiment, mais nous avions dit que nous coucherions là. Le soir, Nina nous a accompagnés dans la chambre qu'elle avait préparée pour nous à l'étage, avec vue sur les deux lunes, celle, pleine, dans le ciel, et l'autre, granuleuse, sur l'eau du lac. Le reste, c'était la silhouette noire de la montagne.

Quand je suis sortie de la salle de bains en peignoir, Piero était encore là, il regardait dehors. Toute ma colère est redescendue sur-le-champ. Encore humide, je l'ai pris dans mes bras par-derrière, la ceinture en éponge s'est défaite toute seule.

Il a détaché mes mains de sa poitrine et s'est tourné, furibond.

« Une idée de génie, de venir ici aujourd'hui, a-t-il lancé.

— C'est toi qui as commencé, je ne comprends pas pourquoi tu as été si incorrect avec le professeur. Et ne parlons même pas de cette histoire de cheveu.

— Il aurait fallu que je le mange, c'est ça ? »

J'ai renoué ma ceinture. Il aurait pu le cacher et trouver une meilleure excuse pour ne pas finir ses tagliatelles, lui ai-je dit. Au lieu de cela, il s'était comporté comme s'il était chez lui, avec sa mère qui lui passait tout. Il avait mis tout le monde dans l'embarras.

« Ton fameux prof n'avait besoin que d'un prétexte pour me dévaloriser. Et tu n'as pas dit un mot pour me soutenir. » Il s'est de nouveau tourné vers la fenêtre. « Il est clair que tu n'as pas d'estime pour moi, a-t-il ajouté.

— C'est peut-être plutôt toi qui te sous-estimes.

— La vérité, c'est qu'il était impossible de savoir de quel côté tu étais.

— Tu es en train de me faire une scène ?

— Moi, jaloux de cette baudruche ? De ton idole, l'intello imbu de lui-même ? »

J'ai arrêté de lui répondre. Il s'est lui aussi enfermé dans le silence.

Cette nuit-là, je suis restée réveillée, comme maintenant dans cette chambre d'hôtel. Je me revois avec Piero entre ces draps fins, dos contre dos. Lui non plus ne dormait pas. Peu avant l'aube, le cri d'angoisse d'un animal traqué s'est élevé de la forêt.

Nous avons trouvé une excuse pour partir après le petit déjeuner, renonçant à la promenade sur le sentier d'où le lac semble avoir la forme d'un cœur.

« Saluez Davide de ma part », a dit Morelli à Piero, qui avait déjà enfourché sa moto.

12

La nuit arrive à son terme. La fenêtre est encore un rectangle sombre, mais l'odeur d'un nouveau jour la traverse. Je peux me lever. Pendant quelques instants, mon équilibre est précaire. Hier, j'ai seulement mangé des crackers dans le train, et le soir j'ai bu le lait que la serveuse blonde m'a apporté ici. La tasse est sur l'étagère, blanche et vide, les biscuits à côté, dans la soucoupe. J'en croque un, les muscles de ma mâchoire se contractent, ils sont déjà déshabitués à la mastication. Je ne le finis pas. On a si vite fait d'oublier ce qui est nécessaire pour nous tenir en vie.

Je descends avec l'ascenseur, le réceptionniste entend mes pas et se redresse derrière le comptoir. Nous échangeons un regard et une esquisse de salut. L'aiguille de l'horloge murale n'est pas encore arrivée à quatre heures et demie. Dehors, je suis accueillie par la pénombre que les réverbères éclairent, je marche à vive allure sur le trottoir désert, emmitouflée dans ma veste. L'humidité poisseuse de la mer automnale entre dans mes poumons avec ma respiration. Je me souviens d'un café vers le port, qui ne ferme jamais. Ce n'est d'abord qu'une lumière dans le lointain, je me dirige vers elle.

Ma table n'est pas propre, une traînée visqueuse la traverse, mais maintenant je suis installée. L'unique client ronfle au milieu de la pièce, on dirait un marin, il a dû passer la nuit ici, écroulé sur le formica. Un homme vêtu d'un pull gris entre, il me regarde un moment, surpris de ma présence si étrangère et si matinale au café des pêcheurs. Il secoue le marin, s'assied en face de lui. L'autre se redresse avec les mouvements engourdis des gens qui ont bu, et essaie de se débloquer la nuque. Le nouvel arrivé commande deux cafés arrosés de rhum, il me lorgne à la dérobée.

« Tu as entendu ce qui s'est passé ? marmonne l'ivrogne.

— Il s'est passé ce qui devait se passer. »

Je paie le barman en petite monnaie et sors à la hâte, je vais jusqu'à la jetée. J'ai besoin d'air. Adriana m'a emmenée ici, cet été-là, je me souviens de l'endroit précis où elle s'est arrêtée. Je ne sais pas qui l'avait informée, depuis quelque temps elle descendait tous les jours à la plage avec Vincenzo. Celle-ci n'était qu'à quelques mètres de mon immeuble, parfois Adriana portait son fils contre sa poitrine, enroulé dans une bande de tissu coloré, et ne prenait même pas la poussette.

« Faut que tu m'accompagnes au port, illico », a-t-elle dit un jour en rentrant à trois heures de l'après-midi.

La revoilà, nette dans ma mémoire : avec son paréo et ses tongs, elle courait en diagonale sur le quai, vers les barques amarrées. Et là, elle est tombée sur ses genoux, elle a tapé du poing encore et encore sur cette bitte où aucune amarre n'avait été attachée. Elle regardait l'emplacement vide dans l'eau, de petites vagues troubles venaient lécher mollement le bord en béton devant elle. J'étais derrière, l'enfant dans les bras. Je n'ai pas souvenir de l'avoir vue aussi désespérée. Elle pleurait comme si la disparition de la barque de Rafael était une perte pour elle.

Elle l'a toujours défendu, justifié, couvert par son silence. Bien des fois, Rafael a fui ses dettes, et les créanciers s'adressaient à elle. Elle m'a parlé de leurs menaces et de leurs embuscades il y a quelques années seulement, et je ne sais pas si elle m'a tout dit. La nuit où elle s'est enfuie du Borgo, Santino le Borgne lui avait coupé une mèche de cheveux avec une lame de couteau, celle-là même qui lui avait caressé le cou juste avant.

Moi aussi j'ai cru à la fable de l'orphelin de père, du pêcheur qui se battait pour son émancipation. Une fable un peu menteuse. Ma sœur était amoureuse d'un garçon aux boucles noires qui ne savait pas garder une barque appelée *Isolina*, comme sa mère. Elle était amoureuse du rêve de Rafael, vivre en mer sans autre patron que le vent.

L'homme au pull gris sort du café et s'éloigne à grandes enjambées. Soudain, je l'identifie : c'est Antonio. Il a beaucoup changé, mais sa manière de jeter ses jambes en avant est restée la même. Il était si jeune, à l'époque, quinze ans ont passé. J'ai changé moi aussi, ou alors il a juste fait semblant de ne pas me reconnaître. J'aurais pu lui parler, pendant qu'il prenait un café avec l'ivrogne. Maintenant c'est trop tard, il a déjà disparu au coin d'une rue.

Ce jour-là, Adriana a essuyé ses larmes du dos de sa main et elle est partie tout droit vers les bruits métalliques que l'on entendait là-bas, où les femmes du Borgo montaient les étals. La première qui l'a vue a passé le mot, en un clin d'œil elles ont tout laissé en plan, carrioles, tréteaux, et se sont rassemblées autour d'elle, avec leurs tabliers d'intérieur. Elles la serraient, touchaient ses cheveux si courts, la dévoraient des yeux pour croire à son apparition sur le quai.

« Où tu t'étais cachée ? » lui a demandé une fille enceinte qu'elles appelaient Rosita.

Elles ont aussi vu Vincenzo et moi, il s'est laissé prendre dans les bras sans crainte, comme si tous ces visages lui étaient familiers, comme si toutes ces mains l'avaient déjà cajolé.

« Qui a pris la barque ? C'est pas possible que vous soyez pas au courant, disait Adriana aux unes et aux autres.

— Attends le retour des hommes, ils ont peut-être entendu quelque chose », a dit Rosita. Elle caressait la joue pleine de Vincenzo du dos de son index, pensant peut-être à son enfant à venir.

Mon agacement vis-à-vis de la proximité entre ma sœur et Rosita, de leurs échanges si simples, si complices, était de la jalousie, je crois. Ma sœur m'avait remplacée par de nouvelles relations.

Puis une sirène semblable au cri d'une oie a annoncé l'entrée du premier bateau de pêche dans le port. En un instant, les femmes se sont dispersées en direction de leurs étals respectifs et ont ouvert les parasols, l'une d'elles a arrosé le bitume avec un tuyau en caoutchouc, de la vapeur s'est élevée.

« Viens là, vous allez pas rester en plein cagnard, a dit Rosita. Toi aussi », a-t-elle ajouté en jetant un regard vers moi, qui étais restée en retrait.

Entre ses incisives supérieures, elle avait des caries déjà profondes, semblait-il. Piero lui aurait immédiatement fait des plombages.

Rosita nous a abritées sous son ombre bleu foncé et, de là, nous avons suivi les manœuvres du bateau qui entrait dans l'estuaire, avec une traînée de mer.

Adriana s'est approchée du *Limaflò*. Par des sifflements et des cris, elle a demandé aux pêcheurs de lui lancer l'amarre, c'est elle qui l'a attachée à une bitte.

À la manière des hommes de mer les plus frustes, elle nouait la corde par des gestes secs, sans épargner sa peau, voilà d'où venaient ses cals et ses gerçures.

« Bouge de là avec tes mains de prof », me dit-elle encore quand il y a une tâche salissante à faire ou qu'il faut soulever du poids.

Plusieurs hommes chaussés de bottes jaunes montant jusqu'à la poitrine s'activaient à bord. Adriana s'est adressée au mari de Rosita, qui était parmi eux. Antonio.

« Faut que je te parle, quand t'auras fini », lui a-t-elle crié depuis le quai, et il a répondu par un hochement de tête.

Alors elle s'est mise à décharger les cagettes avec une telle énergie qu'une longue morue a volé par terre.

Un pêcheur les lui passait et elle les disposait sur l'étal, tandis que de l'autre côté des gens s'approchaient déjà pour choisir les poissons rangés par espèces, alignés sur le polystyrène comme des soldats morts.

Rosita les pesait et les glissait dans des sacs, elle prenait les billets de ses clients entre ses doigts humides. Puis Adriana l'a aidée, à côté les hommes chargeaient le fourgon du grossiste.

« Ça sert à rien de les laver, l'eau du robinet les abîme », a dit ma sœur à une dame tout en emballant les petits calamars que celle-ci avait achetés.

Elle en a fait osciller un devant sa bouche en le tenant par une nageoire et l'a mangé tout entier. Elle mâchait avec conviction, un tentacule cru pendait de ses lèvres. Je me suis tournée, dégoûtée, et quand je l'ai regardée de nouveau elle avait ouvert une huître et l'offrait à la langue curieuse de Vincenzo. Je n'ai pas été assez vive pour l'écarter, depuis mes bras l'enfant a léché la saveur gluante et salée de la mer.

Antonio est entré dans l'ombre, il avait fini de charger le fourgon. Il a passé sa main sur le ventre tendu de Rosita, dans une caresse rugueuse. Ma sœur lui a dit quelque chose à voix basse et ils se sont éloignés sur le quai, tournant le dos au soleil, jusqu'à cette bitte.

« Ces lâches, ils menacent maintenant, pile quand Rafael est pas là », l'ai-je entendue dire avant que leurs voix ne m'échappent.

Ils sont revenus rapidement, il n'y avait rien à voir, à part l'emplacement de la barque, vide.

« Ils la ramèneront s'ils récupèrent leur pognon. On

essaie de collecter un peu de fric entre nous, mais ça va faire une misère », a murmuré Antonio.

Il écartait les bras, dans un geste d'impuissance.

« Adria, tu sais bien qu'au Borgo on est une grande famille », a-t-il répondu à ses remerciements.

L'ardeur du jour s'atténuait, les femmes empilaient les cagettes vides, démontaient leurs étals, aidées par leurs frères et leurs maris las de la mer. Ouste, ouste, les gabians, criait un gamin en chassant les goélands qui s'étaient posés, avides de restes.

Je n'étais pas si loin de chez moi, pourtant tout était différent, c'était un monde à part. Chez moi, j'avais laissé un petit recueil ouvert sur des poèmes que j'aimais, un séminaire à préparer, un ordre bien établi ; ici, où Adriana m'avait emmenée, la vie paraissait plus vraie, scandaleuse et palpitante. Elle m'attirait et m'effrayait à la fois.

Adriana avait repris l'enfant dans ses bras, Rosita m'a tendu le sac qu'elle avait préparé pour nous. Elle avait attaché les poignées entre elles, à l'intérieur quelque chose de vivant s'agitait.

Son ventre de six ou sept mois était plutôt impressionnant, sur son corps encore adolescent. Je lui ai demandé quel âge elle avait.

« Presque dix-neuf ans », a-t-elle répondu, convaincue que ce n'était pas peu.

Comme ma mère pour sa première grossesse. Je l'ai imaginée pareille à Rosita, encore maigre mais déjà marquée par le travail, et avec encore tous ces enfants à venir. J'avais envie de secouer cette fille, de lui dire d'arrêter sa dérive. Un instant durant, j'ai vu son avenir : une femme éreintée, entourée d'enfants trop nombreux. J'aurais voulu lui crier mon chagrin et une colère déplacée. Au lieu de cela, j'ai écrit le numéro du cabinet de Piero sur un bout de papier, mon mari pouvait soigner ses dents, lui ai-je dit.

« Tu files comme ça ? Tu passes pas lui dire bonjour ? » a demandé Antonio en regardant Adriana droit dans les yeux.

L'identité de la personne dont il parlait était évidente. Elle s'est tournée vers moi, indécise.

« Je vous accompagne. Avec ce qui se passe, vous pouvez pas vous balader comme ça, deux nanas et un gamin », a décrété Antonio.

Puis il s'est mis en chemin, sûr que nous le suivrions. Il portait encore son tee-shirt et son pantalon de mer, dont émanait une senteur d'eau salée et de poisson. Il avait seulement retiré ses bottes jaunes.

La première fois, nous étions entrées par l'arrière, mais j'ai reconnu la maison à son crépi vert. L'odeur d'ail frit envahissait la rue, puissante. Des deux portes, une seule était fermée, et, à côté de l'autre, Isolina était assise sur une chaise en plastique. Elle fixait la rue de ses petits yeux bleu clair, la bouche pincée. Ses cheveux paraissaient avoir été desséchés par une permanente trop dosée et par une coloration fanée. Les deux centimètres de blanc à la racine témoignaient du temps écoulé depuis son dernier passage chez le coiffeur.

Elle ne nous a pas vus immédiatement, Antonio s'est approché le premier.

« Regarde qui je t'ai amené, Isoli », lui a-t-il dit doucement.

Elle a été brusquement tirée de ses pensées et a levé la tête d'un mouvement vif. Vincenzo l'a reconnue, il lui a tendu les bras. Elle l'a longuement couvert de baisers, le mouillant d'allégresse. Après quoi seulement, elle a pensé à nous autres, un regard à Adriana l'a rassurée sur sa santé. Un bonsoir cordial pour moi, qui étais la plus étrangère. L'odeur d'ail devenait amère, comme si une poêle avait été oubliée sur le feu. Une voix est sortie d'une fenêtre en face :

« Isoli, ça cramerait pas, chez toi ? »

Alors Adriana s'est précipitée pour couper le gaz dans la cuisine, et nous l'avons suivie. Nous nous sommes assis autour de la table, dans la fumée âcre qui se dissipait lentement. La pièce était identique et symétrique à celle que j'avais vue avec ma sœur de l'autre côté, quand nous étions venues reprendre ses affaires. Aux murs, des images sacrées, à côté de saint André était accroché un rameau d'olivier tout sec et poussiéreux, dont la bénédiction s'était évaporée.

« Adria, y a des sodas au frigo, prends aussi des biscuits, a dit Isolina. Avec toutes ces histoires, je perds la boule », a-t-elle ajouté en chassant l'odeur de brûlé de sa main libre.

Antonio a bu une cannette et mangé deux gaufrettes avant de sortir. Il a ajusté du pied un bout de plinthe qui s'était décollé du mur. Il nous attendrait dehors pour nous escorter hors du quartier.

Isolina câlinait son petit-fils, qu'elle avait assis devant elle, sur la table. Elle regardait l'enfant avec intensité, elle voyait sans aucun doute dans ses traits ceux de son père.

« Mon pauvre fils, la malchance le poursuit. Qu'ils crèvent, ces salauds », a-t-elle murmuré.

Sans jamais les nommer explicitement, ma sœur, Antonio et elle parlaient d'un usurier et des sbires à son service.

Plus personne n'a soufflé mot, même Isolina a arrêté de s'extasier devant les vocalises de Vincenzo. Quand Adriana s'est levée, elle l'a prise par le bras.

« Rafael va rentrer avec un beau paquet de pognon. On récupérera la barque. Et après, vous pourrez revenir ici. » Elle a indiqué l'autre moitié de la maison du menton.

Puis elle s'est adressée à moi, plus cérémonieuse :

« Merci. Bientôt, ils pourront revenir ici », a-t-elle répété.

Antonio a dû l'entendre depuis la porte.

« Avec ce qu'il va ramener d'Afrique, Rafael arrivera même pas à payer les intérêts. Isolina se rend pas compte », a-t-il dit quand nous nous sommes retrouvés dehors.

Isolina est morte il y a trois ou quatre ans, à temps pour s'épargner quelques chagrins supplémentaires. Jusqu'à son dernier jour, elle a essayé d'éponger les dettes de son fils avec sa pension. Si elle était encore là, je ferais un crochet par la maison verte, à quelques minutes d'ici. Elle était tellement lève-tôt. Je pourrais frapper à sa porte et boire son café.

13

Ce soir-là, nous sommes reparties en silence, accablées par les mots d'Antonio. Sur le front de mer devant nous, une femme blonde au foulard en soie blanche était au volant d'une décapotable. Quand elle accélérait, les pans irisés du foulard s'agitaient vers le ciel, et on l'eût dite sortie d'un film, avec ses bras fins et ses cheveux au vent. Ma mémoire capricieuse me livre un détail si insignifiant, dans cette matinée encore plongée dans le noir.

« Il est gentil, votre ami », ai-je dit en me tournant vers Adriana.

Elle regardait la plage, déserte au crépuscule, et le bleu de la mer qui s'assombrissait. Elle n'avait pas vu la femme blonde devant nous et, quand bien même, elle ne lui aurait prêté aucune attention.

« Au Borgo la gentillesse n'existe pas. Antonio est un frère », a-t-elle répondu alors que je ne m'y attendais plus.

Ils avaient grandi ensemble, Rafael et lui, partageant les bancs d'école et les jeux dans la rue, puis ils avaient pris la mer après un brevet des collèges obtenu avec difficulté. Ils dormaient côte à côte sur la barque, qui avait été percutée accidentellement par une embarcation turque, une nuit sans lune au large d'Ortona. C'était Rafael qui avait sorti son ami évanoui de l'eau, il l'avait remis aux mains tendues des sauveteurs. Un peu du sang qui maculait le dos d'Antonio lui était resté sur les bras, mêlé à celui de ses propres blessures, plus superficielles.

C'est ce que m'a raconté Adriana sur le front de mer, et elle m'a également parlé de Minuccio, qui avait aussi été comme un père pour Rafael, orphelin du sien.

Il faisait déjà sombre dans l'appartement de la via Zara, les jours raccourcissaient. Vincenzo geignait, affamé et fatigué. Aux dernières cuillerées de compote de pomme, sa tête dodelinait de sommeil.

Puis Adriana a pris les ciseaux de cuisine, elle les a ouverts et fermés plusieurs fois pour vérifier leur tranchant. Dans le sac que Rosita m'avait donné, plus rien ne bougeait. Ma sœur, qui à l'âge de dix ans n'avait jamais vu de poissons, les a vidés avec habileté, et une grâce sauvage dans les gestes. Elle a planté la lame à un endroit précis de la sole et a retiré sa peau en tirant rageusement dessus. Alors qu'elle découpait une seiche, une giclée a atteint son visage, une larme noire a coulé sur sa joue.

Elle a cuisiné avec les ingrédients les plus simples : huile, ail, persil. Elle mettait les poissons dans la poêle au fur et à mesure, en fonction de leur temps de cuisson. La barque semblait avoir disparu de ses pensées. Adriana a toujours été ainsi faite, elle change d'humeur d'une minute à l'autre, avec légèreté.

« Mets la table à côté », m'a-t-elle dit, elle savait que Piero préférait prendre les repas dans la salle à manger.

Mais il ne rentrait pas, à cette heure ça ne répondait pas à son cabinet et personne ne l'avait vu au cercle de tennis. Adriana avait coupé le gaz, elle faisait les cent pas les bras croisés, à bout de patience depuis un moment déjà. À dix heures, elle a rallumé le feu et nous nous sommes attablées face à face. Elle a dévoré sa part, jusqu'aux arêtes des anchois. Je trafiquais avec ma fourchette sans commencer, inquiète pour Piero.

« Bouffe, va. Il lui est rien arrivé », a dit Adriana, la bouche pleine.

Elle a attendu d'avoir dégluti et s'est raclé la gorge.

« Par contre, cette fois, demande-lui ce qu'il a foutu, quand il rentrera. Reste pas sans rien dire. »

J'ai hoché la tête, elle avait raison. Il était devenu urgent de discuter avec Piero. Quelque chose brûlait dans ma poitrine, un point enflammé qui s'élargissait en cercles concentriques. Mon palais, autonome, appréciait le plat d'Adriana.

« Qui t'a appris à cuisiner comme ça ? lui ai-je demandé en achevant mon assiette.

— Isolina. »

Une écaille de poisson brillait au milieu de son front, comme un troisième œil.

Plus tard, elle est allée se coucher et je me suis moi aussi retirée dans ma chambre. J'ai repris l'essai de Lorenzo Mondo sur Pavese à la page marquée par un crayon à papier, mais je savais déjà que je n'arriverais pas à me concentrer. Je recommençais sans cesse ma lecture au même endroit, j'ai fini par renoncer. Alors, comme tous les soirs de ce mois d'août-là, j'ai lu deux ou trois poèmes du fin volume blanc. C'étaient mes prières : « Tes yeux / seront une parole vaine, / un cri étouffé, un silence. »

J'ai éteint la lampe et je suis restée éveillée, attendant Piero. Dehors, le vent se levait. À côté de moi les minutes phosphorescentes, les heures interminables, s'écoulaient sur un cadran.

Je n'avais pas de raison de supposer qu'il lui était arrivé quelque chose, il n'avait pas grimpé sur une paroi de sixième degré, il ne faisait pas un trajet en voiture. J'ai palpé sa moitié du lit : elle était vide par choix. Je pourrais dire l'heure précise affichée sur le réveil quand, pour la première fois, je l'ai imaginé avec une autre femme.

Il est rentré à cinq heures dix. Mes sens en alerte ont enregistré chacune de ses tentatives de ne pas faire de bruit : il a fermé tout doucement la porte d'entrée, il a utilisé la salle de bains du couloir, plus éloignée, puis il est entré dans notre chambre pieds nus. J'apercevais sa silhouette qui tâtonnait dans l'obscurité imparfaite, touchant les meubles pour ne pas s'y cogner. Son odeur charriait des relents lointains de tabac, d'alcool, que le dentifrice n'avait pas entièrement masqués. J'avais envie d'allumer la lumière pour le surprendre, mais quelque chose dans ses mouvements m'a retenue, comme bloquée par un poids douloureux sur le dos.

« Tu étais où ? » lui ai-je demandé.

Il a sursauté et s'est immobilisé au pied du lit, puis

il a reculé et a trouvé le mur. Il s'y est appuyé. Dans les premières lueurs du jour, je n'arrivais pas à lire son expression. Il est resté là, comme un voleur pris la main dans le sac. De fait, il dérobait un morceau de ma vie.

« J'étais au restaurant avec le groupe du tennis. Je ne me souvenais pas de ce dîner, c'est Davide qui m'a appelé à la dernière minute », a-t-il dit.

Je m'étais assise dans le lit, tous mes muscles contractés.

« Pourquoi tu ne m'as pas prévenue ? Adriana avait cuisiné du poisson pour nous. »

Il a avancé comme prétexte que le téléphone du restaurant était en panne, puis a saisi tout seul combien c'était inconsistant. Il s'est tu au milieu de sa phrase, a esquissé un geste vague du bras, qu'il a laissé retomber le long de sa jambe.

« Pardon, je ne voulais pas te tenir éveillée. » Il s'est assis sur le lit, sur le coin le plus proche de moi. Il a serré mon pied à travers le drap et, par réflexe, ma jambe s'est détendue.

« C'est déjà arrivé, il suffirait de me prévenir. Ça ne t'effleure pas, que je t'attends ? »

Il n'a pas répondu, seul le désarroi est sorti de sa bouche.

« Où est-ce que vous avez mangé ? ai-je demandé quand le malaise est devenu insupportable.

— À l'Osteria del Leone », a-t-il répondu.

C'était notre restaurant préféré, dans le quartier de Colli. Nous commandions une variété affriolante d'*antipasti*, différents selon les saisons. Piero réservait une petite salle séparée, avec seulement une table pour deux. Au milieu, une bougie et des fleurs fraîches, par la fenêtre les lumières de la ville qui dévalaient vers la mer et le port, jusqu'à l'endroit où je suis à présent. Il choisissait le vin, un Valentini blanc pour fêter nos anniversaires : le jour même, il aimait y trinquer juste avec moi, avec un petit gâteau, puis le dimanche nous devions impérativement faire le déjeuner de fête avec ses parents.

Dans cette aube qui tardait à devenir lumineuse, le souvenir de nos dîners à Colli avait déjà l'arrière-goût des choses perdues.

« Ça fait longtemps qu'on n'y est pas allés », ai-je dit.

Peut-être attendais-je une promesse, qu'il réserve la petite salle pour le samedi même ou la semaine suivante, au plus tard. Mais Piero restait immobile, silencieux, replié sur lui-même. Le matelas me transmettait la vibration légère de son souffle, du sang qui circulait dans son corps. Soudain, il a porté une main à son front et s'est mis à pleurer, la tête secouée par des sanglots presque muets. Figée par la stupeur, je regardais ses larmes.

Au bout d'un moment il est sorti de la chambre comme s'il manquait d'air. En l'attendant, je préparais ma question, mais il n'est pas revenu de la salle de bains, j'ai entendu ses pas dans le couloir, puis le déclic de la serrure, la porte d'entrée refermée. Je n'avais pas su le retenir.

Je l'ai suivi des yeux depuis notre terrasse, il a laissé derrière lui l'immeuble, la rue, le trottoir animé tous les soirs, moi. Dehors, il faisait déjà jour. Il marchait sur la plage en direction de l'eau, des nuages qui s'amassaient au-dessus de la ligne d'horizon. Pendant un instant, j'ai eu peur qu'il continue dans les vagues, dans l'écume rendue jaunâtre par le sable. Il s'est arrêté sur la grève, les yeux fixés sur la rive invisible d'en face.

Je regardais Piero et ses empreintes solitaires. Je ne parvenais pas à identifier un début dans ce qui était en train de nous arriver. J'avais occulté tous les signaux, ignoré une série d'aimables refus, d'agacements courtois. Le soir, au lit, j'avais cru à toutes les fatigues, face à son dos.

Je l'ai appelé d'une voix forte dans la grisaille paisible de l'aube. Il ne pouvait pas m'entendre, mais une fenêtre s'est ouverte au cinquième étage, une voix a protesté depuis le troisième. Quelques voisins me regardaient d'en haut, ils ne savaient rien de nous.

Je suis rentrée, frissonnant sous mon pyjama estival. Dans cet appartement que ses parents avaient acheté pour les mariés que nous avions été, meubles, tableaux, assiettes et verres se séparaient avant nous : ceux que sa famille avait offerts à Piero, les miens. Les objets étaient définis, nous, il nous faudrait beaucoup plus de temps pour séparer nos vies. À ce moment-là, je n'étais pas prête à exister dans un futur différent du sien. Je ne l'ai jamais tout à fait été, ni après, ni même aujourd'hui. Encore incrédule, je tolère la distance que j'ai voulue. Je suis restée fidèle à un homme qui ne pouvait pas m'aimer. C'est mon secret, mon dévouement.

J'errais dans les pièces et le couloir, incapable de

m'arrêter. À certains moments, je croyais ne plus jamais le revoir, à d'autres mon mari en larmes sur le bord du lit m'apparaissait comme un cauchemar dans le sommeil précédant l'aube.

Il ne rentrait pas. Par la fenêtre, la plage avec ses parasols fermés et un morceau de tronc déposé là par les vagues. Adriana et Vincenzo dormaient, je les ai regardés, la main sur la poignée de la porte de leur chambre, que j'avais à peine entrouverte. Lui, béat dans son berceau, émettant un léger sifflement à chaque respiration. Elle, la tête enfoncée dans son oreiller, la bretelle de son débardeur tombée sur son bras. La tentation de la réveiller a été fugitive, et violente. Mais Adriana n'avait pas besoin d'un autre fardeau, elle portait déjà le sien.

Le point douloureux qui était né dans ma poitrine la veille au soir irradiait jusqu'à mes ongles, la racine de mes cheveux. Je me suis souvenue d'un dimanche d'été, celui de mes quatorze ans. Nous étions allées au fleuve à pied avec Vittorio et d'autres garçons du village, nous jouions à sauter de rocher en rocher. Je m'étais tordu la cheville et, sur le chemin du retour, je boitais et poussais parfois des cris. Adriana m'avait offert son épaule et une petite pierre.

« Serre-la fort, ça va passer. Elle est magique. »

Elle l'avait ramassée dans l'eau et elle était persuadée que les paillettes brillantes dans sa matrice grise étaient de l'or.

« Un de ces quatre, on y retournera seules, on récupérera tout l'or du Tavo, en un rien de temps on sera riches », disait-elle en me soutenant.

Sa foi insensée me faisait rire et j'oubliais les élancements à la malléole. J'avais gardé cette pierre comme porte-bonheur et, dans l'appartement de la via Zara, je ne la retrouvais plus.

Vers huit heures, Piero est rentré et nous nous sommes attablés ensemble à la cuisine. Il était encore tôt, et déjà trop tard pour nous deux. Sous ses yeux gonflés subsistaient encore des traces blanches, celles de ses larmes, ou bien de l'eau salée. Nous n'avions pas faim, il a seulement pris un café et moi je n'ai rien pris du tout. Nous nous regardions à la dérobée, avec la timidité des rescapés d'une tempête. Sans savoir quel vent se lèverait.

« Qu'est-ce qu'il nous arrive ? » ai-je demandé.

Il a pris ma main et a lentement caressé chacun de mes doigts avec son pouce, puis il a recommencé du début.

« Je ne sais plus où j'en suis. Laisse-moi un mois pour y voir plus clair », a-t-il dit.

14

Ma mère s'est alitée un dimanche, vers la fin de cet été-là. Le matin, elle avait écossé les haricots frais et mélangé l'eau et la farine pour faire des *taiaticci*, rien ne laissait présager ce qui allait se passer. À midi, un peu plus tôt que de coutume, elle a rempli l'assiette de mon père avec la cuillère en bois, puis elle lui a dit qu'elle ne se sentait pas bien. Elle s'est retirée dans sa chambre et y est restée, elle n'en sortait que pour aller aux toilettes, en se tenant aux murs et aux portes. Elle a arrêté de manger, mais de temps en temps elle buvait le jus de pêche tiré du frigo que mon père lui apportait. C'est lui qui m'a appelée, au bout de trois jours. Parfois, il lui arrive encore de répéter que sa femme a utilisé ses dernières forces pour lui préparer ses pâtes préférées.

Avec une grande réticence, elle a fini par m'avouer que, depuis des mois, elle perdait « du sang par en bas ». Je l'ai convaincue de se faire hospitaliser. Le gynécologue était doux, mais elle est ressortie de son cabinet la tête basse, comme après un viol. En cinquante-six ans, seuls son mari et l'accoucheuse du village avaient eu accès à ses parties intimes. Les heures qui ont précédé l'opération, elle semblait contente, être entourée de tous ces médecins et infirmières lui donnait peut-être l'impression inédite d'être importante, au moins en ces lieux.

Le médecin-chef du service a pratiqué une ablation de son utérus et de ses ovaires, l'appareil dont nous étions six enfants à être nés.

« Ne vous faites pas d'illusions, il s'est déjà propagé », m'a-t-il dit tandis qu'on la ramenait dans sa chambre, encore endormie.

J'ai le souvenir précis de l'odeur de la première tasse de bouillon que j'ai approchée de ses lèvres après son opération. Et de son regard un peu effrayé de fillette âgée qui tendait la tête pour boire. À son contact, il se formait chez moi un nœud inextricable de tendresse et de répulsion. Je n'avais pas de familiarité avec son corps, quand on découvrait ses fesses pour les piqûres, je voulais sortir, les infirmières me retenaient : « Vous pouvez rester, vous êtes sa fille. » Sa nudité, même partielle, me troublait. Je détournais le regard des poils sur ses jambes. Mais c'était ma mère. C'était elle, ma mère. Elle avait beau m'avoir fait élever par une autre femme, j'étais restée sa fille. Je le serai toujours.

Les réminiscences d'Aldagisa s'étaient peu à peu estompées dans mon cœur. Elle m'avait offert ma robe de mariée, elle appelait pour mon anniversaire. Je ne pensais que rarement à elle.

Ma mère m'habitait, authentique et cruelle. Elle me restait pour grande partie inconnue, je n'ai jamais pénétré le mystère de son affection secrète. J'en finirai avec elle sur mon lit de mort.

Le personnel du matin allumait la lumière à six

heures et faisait le ménage dans sa chambre. Je me levais de la chaise pliante sur laquelle je passais mes nuits, la rangeais dans la salle de bains. Je coiffais ma mère. Peut-être cherchais-je un signe de gratitude, ou au moins d'attention. Ses signaux étaient contradictoires, et par là même indéchiffrables : ma présence était pour elle une évidence, un devoir, mais parfois elle indiquait l'espace vide sur sa couverture verdâtre et disait repose-toi.

Mon père arrivait le soir, je lui cédais la place et il restait planté là, mal à l'aise. Il lui demandait comment tu te sens et elle répondait couci-couça. Ils ne savaient pas se parler, il regardait – jamais dans les yeux – un peu craintif cette silhouette familière couchée et les gouttes qui tombaient doucement dans la perfusion.

« La voisine du dessous, elle a ses conserves de tomates qu'ont explosé », lui a-t-il dit après un long silence.

Mais il lui avait apporté des figues enveloppées dans une serviette.

Adriana, elle, ne venait pas. Cela faisait un moment que je ne l'avais pas vue. Un après-midi, elle avait rempli deux grands sacs, elle avait pris le portrait de notre frère en dernier, laissant un vide blanc sur le mur.

« T'es toujours en train de t'occuper de Vincenzo et moi. Pense à ton mari avant qu'une autre se le récupère », avait-elle dit, l'enfant dans les bras.

C'était le dimanche où notre mère s'était alitée, mais nous ne le savions pas encore. Ma sœur a esquivé les événements imminents.

Piero et moi nous voyions plus souvent à l'hôpital qu'à la maison. Il parlait avec les médecins qu'il connaissait, il rassurait ma mère. Le sentir proche me distrayait de ce que nous étions en train de vivre. Peut-être que, ponctuellement, nous nous sommes crus capables de résorber la fracture et de sortir de cette épreuve plus soudés et plus précieux, comme les céramiques japonaises réparées avec de l'or.

Il a emmené mon père à son cabinet et l'a fait rajeunir en lui mettant une prothèse dentaire amovible. Le soir, ma mère, incrédule, s'est penchée pour tapoter de son ongle les incisives en résine. Je passais presque l'intégralité de mon temps avec elle, qui était si faible, mon mari a eu tout le loisir de faire le point. La maladie de ma mère coïncidait avec le mois qu'il avait réclamé.

Un matin, je suis rentrée via Zara pour me laver. J'ai ouvert notre penderie, du côté de Piero il y avait des espaces vides entre les pantalons et les chemises. Dans le range-chaussures, je n'ai pas vu ses sandales, et sa tenue de tennis avait elle aussi disparu. La tête me tournait, je me suis écroulée sur le lit dans lequel il n'avait pas dormi. La couverture blanche était bien tendue, lisse. J'étais en train de perdre tout le monde : Piero, ma mère, Adriana. Quelque chose en moi provoquait les abandons.

Je ne sais pas combien de temps je suis restée ainsi, inerte. Le soir, je l'ai attendu dans le couloir du service de gynécologie. Les femmes marchaient à pas lents en robe de chambre, soutenues par leur mari dans leur grossesse à risques.

« Tu ne dors pas à la maison, tu déménages tes

affaires. Tu es en train de partir ? lui ai-je demandé dès qu'il a franchi la porte vitrée.

— Je suis allé à Foggia, comme tous les mercredis. Je passe la nuit à l'hôtel, tu le sais bien. Et j'ai apporté quelques affaires d'été au pressing », a-t-il répondu d'une voix paisible.

Piero continuait de me protéger avec des demi-vérités, mais celles-ci ne devaient pas durer. Il était absorbé par un bonheur secret. Il attendait que ma mère meure, je le lui ai reproché par la suite.

Les médecins ne s'expliquaient pas l'état de prostration survenu une semaine après son opération. Pourtant, tout suivait son cours, les résultats d'analyses étaient normaux. Sa vivacité des premiers jours s'est muée en torpeur. Même couchée, ma mère ne supportait plus l'effort de vivre. Elle a apposé une signature rampante au bas d'un document et elle est sortie de l'hôpital, contre l'avis des médecins.

Sur la route du retour, elle manifestait une curiosité subite pour ce qui se passait à l'extérieur, puis elle fermait les yeux.

« Y avait pas toutes ces voitures, dans le temps », a-t-elle déclaré au sujet de la circulation en secouant la tête.

Depuis les profondeurs de son sommeil apparent, elle a demandé que nous nous arrêtions au cimetière, elle avait senti que nous passions à son niveau.

« Attends-moi ici, je reviens de suite. » Elle est sortie sur le gravier dont elle connaissait chaque caillou par cœur.

Je l'ai suivie, à quelques mètres de distance. La

tombe de son fils était à sa hauteur, dans le mur habité par les morts. Elle ne s'est pas souciée des fleurs flétries au cours de ces semaines, elle savait qu'elle disposait de peu de temps. Elle a passé ses doigts sur la photographie de Vincenzo et les a baisés, de l'autre main elle se tenait à la plaque de pierre qui les séparait. Elle est restée dans cette position, engagée dans un dialogue muet. Ce n'était pas un au revoir, elle lui fixait rendez-vous dans un futur proche.

Elle s'est effondrée sur le siège passager et, une fois à la maison, j'ai dû la soutenir dans l'escalier. Mon père se trompe, elle a utilisé ses dernières forces au cimetière.

Elle m'a demandé de changer ses draps pour mettre ceux de sa nuit de noces, qu'elle n'avait utilisés qu'une seule fois, bien des années auparavant. Elle a attendu sur une chaise, souffrante, que je les trouve au fond de l'armoire. Après coup, j'ai compris qu'elle les avait mis de côté exprès, la pensée de la mort était déjà présente dans sa tête de jeune fille, allez savoir comment. Elle s'est recouchée soulagée. Sur le revers du drap brodé de rameaux fleuris, ses mains étaient des os, ses veines sombres un relief sous sa peau diaphane. Une à une, les voisines montaient avec les provisions destinées aux visites des malades. En quelques jours, les étagères de la cuisine se sont remplies de paquets de sucre, de café, de biscottes.

« Sers-leur quelque chose », disait ma mère, et je préparais une petite cafetière pour chacune d'entre elles, j'apportais les tasses fumantes dans sa chambre tandis qu'elles bavardaient dans la lumière de l'après-midi.

Avec les retardataires et certaines qui venaient pour la deuxième fois, elle ne s'est même pas redressée contre les oreillers, elle tournait à peine la tête.

« Je me sens faible », se justifiait-elle, alors elles parlaient seules, elles mangeaient ce que les autres avaient apporté.

Elle a refusé de retourner à l'hôpital pour la consultation de suivi, et elle ne voulait pas entendre parler des traitements prescrits.

« Si mon heure est venue, c'est la maladie qui doit me tuer, pas les docteurs », a-t-elle dit au médecin de famille qui s'efforçait de la convaincre.

Elle s'est tout doucement retirée dans l'indifférence terminale. Ce dont ma mère est morte, je ne le sais pas exactement à ce jour. Du cancer, mais de beaucoup d'autres choses aussi. Une somme de zéros. Zéro, la valeur qu'elle attribuait au fait de rester en vie, zéro, son utilité. Ses enfants étaient – nous étions – loin, nous ne lui demandions jamais de l'aide, un conseil, un regard quand nous en avions besoin. Nous connaissions son avarice depuis toujours.

Ma mère s'est tout entière dévouée à Vincenzo, au cimetière. Une sorte d'anesthésie l'a protégée de nous, les rescapés. C'est ainsi qu'Adriana lui a échappé, comme il arrive qu'on perde une pièce de monnaie ou les clés de chez soi. Comme elle m'avait perdue, moi, à l'âge de six mois. Elle a réservé ses soins au seul d'entre nous qui n'en avait plus besoin. Combien de fois j'ai été jalouse d'un mort. Mes souvenirs sont empreints de récrimination. Je n'arrive pas à trouver le pardon.

Les derniers jours, elle a sûrement passé en revue ses enfants perdus. Un appel silencieux. Adriana incontrôlable et introuvable. Sergio dans le désert, en train d'extraire du pétrole, Domenico transplanté à la campagne. Le plus jeune, enfermé pour purger un retard qu'il ne rattraperait jamais. Moi je m'occupais de mon père et d'elle une fois par semaine, mais j'étais trop différente, la plus éloignée de tous.

Il n'est pas simple de mourir quand le cœur est fort, les poumons robustes. Sous son drap de jeune mariée, son corps était un monceau de douleur qu'elle ne parvenait pas à abandonner. Piero est venu avec un ami spécialiste, il a apporté des médicaments pour la soulager.

Je lisais, quand ma mère s'assoupissait. Dans la remise, j'avais retrouvé quelques livres de ma jeunesse. J'en ai rouvert un par curiosité, par nostalgie de Jo March qui déformait les poches de ses robes en y enfonçant ses poings et sifflait comme un garçon manqué. Je l'ai relu jusqu'à la fin sans m'en rendre compte.

Je passais mon temps dans leur chambre, mon père dormait dans l'autre, dans un de nos lits. C'était lui qui s'occupait des courses, fier de pouvoir payer immédiatement, depuis qu'il était à la retraite. Il préparait des pâtes et m'appelait quand elles étaient prêtes. Je quittais l'odeur stagnante de la chambre et il me fallait un peu de temps pour pouvoir manger.

Un jour, il avait terminé et moi je fixais encore mon assiette intacte.

« Ça va refroidir, oh ! s'est-il énervé.

— C'est mon problème.

— Ta mère peut pas attendre le moment qui t'arrange », a-t-il dit.

Je l'ai regardé : cet homme borné, égoïste, à qui tout était dû. Mon assiette a volé avec les spaghettis, elle est passée à côté de lui pour aller s'écraser contre le mur, puis par terre. Il ramasserait les débris.

« Tu n'as qu'à y aller, toi, alors. Ou bien appelle tes fils, il n'y en a pas un qui s'est pointé ! ai-je crié.

— Ça c'est un boulot pour les gonzesses, sinon je serais pas là en train de remercier une vipère, a-t-il crié à son tour, toutefois un peu surpris de mon geste.

— Je n'ai jamais entendu un merci sortir de ta bouche. »

Il serrait tellement le dossier de la chaise que ses articulations étaient blanches. Des années avant, il les aurait utilisés, ses poings. Mais je n'avais pas fini.

« J'en ai ras le bol de m'occuper de tout le monde. Piero ne rentre pas la nuit, je ne sais pas ce que mon mariage va devenir, et vous vous n'en avez rien à faire, vous n'avez rien à faire de personne.

— Ferme-la, m'a-t-il murmuré en grinçant des dents. Ta mère est en train de mourir. »

Je suis revenue dans la chambre en sanglotant. Les assertions que je gardais pour moi m'avaient toutes échappé, au mauvais moment.

Ma mère s'était souillée. Maintenant, je la lavais au lit, en me servant des traverses, comme j'avais vu faire à l'hôpital. Elle dormait d'un sommeil médicamenteux, quand la douleur lui laissait un répit. Parfois, elle ouvrait les yeux avec un étonnement enfantin, elle paraissait assister à l'aube du monde. Elle me regardait, comme à la recherche d'explications. Je ne sais pas si elle me reconnaissait.

Ma lucidité était fluctuante elle aussi. J'attendais quelque chose d'elle, une révélation finale. J'imaginais les mots qu'elle pouvait prononcer. J'ai espéré entendre qu'elle m'avait aimée, mais ce n'est pas arrivé. Néanmoins, elle ne voulait personne d'autre à ses côtés, c'était peut-être une manière de me le dire. Elle s'agaçait si quelqu'un entrait dans sa chambre. Sa mort nous absorbait entièrement. Nous n'avions jamais passé autant de temps ensemble.

En dehors de cette pièce, mon père allait appeler Domenico à son entreprise agricole et Piero essayait d'entrer en contact avec Sergio en Libye. Ses recherches l'ont aussi mené beaucoup plus près, à Borgo Sud, où il demandait des nouvelles d'Adriana maison par maison.

Ma mère est morte une nuit. Sa respiration avide et laborieuse des dernières heures a tout à coup cessé, elle n'en avait plus besoin. J'ai éteint la lumière et j'ai passé un moment seule, à veiller. Le soupçon d'avoir été indigne de son amour a subsisté, en profondeur. Et, plus en surface, une colère incontrôlable. Plus tard, j'ai appelé mon père.

Nombreux sont ceux qui sont venus lui dire adieu, du village et de la campagne, hors de la maison elle était plus appréciée que ce que j'imaginais. La propriétaire du magasin où j'ai acheté sa robe m'a offert une broche en sus, et Ernesto le caviste a apporté deux plateaux de biscuits et du vin cuit. Sur le mur de la cuisine, j'avais nettoyé la tache de sauce des spaghettis, seule une trace de gras avait résisté. Mon père a reçu les condoléances debout. « Elle ne souffre plus, maintenant », répétait-il à chacun en indiquant du menton le visage de ma mère détendu dans l'apparente sérénité de la mort.

Le professeur Morelli est arrivé dans l'après-midi, avec ma collègue Michela. Ils ont demandé des renseignements sur la place, et le petit groupe habituel qui stationnait devant le café les a escortés jusqu'à chez mes parents. Leur venue m'a émue, et il m'a longuement serrée dans ses bras. Je revois les carreaux de sa veste, flous à travers mes larmes.

Le plus silencieux était Giuseppe, assis sur une chaise à l'écart, perdu au milieu de tous ces gens. Un après-midi, j'étais allée le voir dans l'établissement où il était, pour le préparer. Nous avions parlé sur le banc au fond du jardin.

« Notre mère ne va pas bien, lui avais-je dit.

— Je sais. J'ai rêvé d'elle cette nuit. »

Il était retourné dans sa chambre chercher quelque chose qu'il voulait me montrer : le dessin des mains de notre mère telles qu'elles étaient devenues. Un de ses ongles était noir, comme s'il avait été écrasé, ou peut-être était-ce déjà un signe de deuil. Ses doigts étaient entrecroisés dans la position exacte qu'ils ont sur la poitrine des morts.

Sergio est rentré de Libye à temps pour la saluer avant que le cercueil ne soit fermé. Je n'ai pas voulu être là quand la nuit est descendue sur elle en même temps que le couvercle. Seule Adriana manquait.

15

En quelques pas, je traverse le parking sur les berges du fleuve et la mort de ma mère. Quelques voitures roulent à tombeau ouvert sur le littoral, les phares pointés sur le bitume. Le fourgon est tapi à sa place habituelle, dans un renfoncement du trottoir. L'humidité de la nuit recouvre les vitres, quelques feuilles mortes se sont coincées dans les essuie-glaces. Repeint, il semble neuf, les lettres rouges tracées par un pinceau attentif à ne pas déborder ressortent sur le fond bleu. SAVEURS DE LA MER, dit l'inscription, et à côté, en plus petit sur une vague écumeuse : BY ADRIANA. J'essuie la vitre embuée et regarde à l'intérieur. Elle a jeté son pull sur le siège passager, une de ses manches retournée traîne par terre. Elle a toujours chaud, elle reste en tee-shirt quand elle fait frire le poisson, même l'hiver. Mais maintenant, elle dort.

Elle s'est imaginé ce travail il y a quatre ou cinq ans. Elle a trouvé le fourgon dans une casse de la via Tiburtina. J'étais là pour les vacances, elle a voulu que j'aille le voir avec elle avant de prendre sa décision.

« Il est un peu cabossé, ai-je dit, perplexe, en en faisant le tour.

— Il peut encore faire l'affaire, tu vas voir que quand il sera réparé et repeint, ce sera un vrai bijou. »

J'y suis retournée quelques jours après, dans l'intention de le lui payer. J'arrivais trop tard, un ami s'en était déjà occupé, m'a dit l'homme de la casse. Il lui a fallu un petit moment pour se rappeler du prénom de Vittorio. Adriana et son camarade d'école ne s'étaient pas tout à fait perdus de vue. Il vivait lui aussi à Pescara depuis un certain temps, il concevait des parcs éoliens dans les Abruzzes et dans les Pouilles. Ils se voyaient quelquefois, c'était tout ce que je savais.

Pendant une seconde, je sens l'odeur des calamars frits, mais ce doit être un tour que me joue ma mémoire. En juillet dernier, je suis venue ici dès ma descente du train. Je n'ai rien dit, je me suis mise dans la queue des clients. Certains d'entre eux viennent même de Montesilvano et de Francavilla, Adriana en est fière. Les pêcheurs du Borgo lui apportent le poisson dès leur retour au port, voilà le secret : depuis l'eau salée directement dans l'huile bouillante, dit Adriana en roulant les crevettes et les anchois dans la farine. Elle chasse Vincenzo quand il la rejoint pour l'aider, l'après-midi.

« Va bûcher, toi, viens pas t'empuantir ici. »

Ma mère m'a demandé de ses nouvelles, avant de mourir.

« Elle arrive, ai-je menti.

— Fais-lui partir la malédiction », a-t-elle dit, reprenant son souffle entre chaque syllabe.

Après cela, elle a arrêté de parler. Les dernières heures, je lui ai tenu la main, pour l'accompagner à la frontière. Elle a serré la mienne, mais ce n'était peut-être qu'un réflexe.

Je n'ai pas compris ce qu'elle voulait dire. Devais-je trouver quelqu'un qui délivrerait Adriana ? La sorcière qui habitait autrefois à la campagne a disparu depuis des années, et de toute façon je ne serais pas allée la voir. Aujourd'hui, je me dis que j'ai eu tort de ne pas exécuter la dernière volonté d'une mourante.

Notre mère était déjà au côté de son fils, quand Adriana est entrée dans le cimetière. Un bourdonnement désapprobateur a annoncé son arrivée, et Piero m'a touché le bras. Pendant la veillée, la question sur son compte avait circulé de bouche en bouche : et l'autre, là, elle est où ?

Le groupe de villageois s'est ouvert pour la laisser passer, elle m'a rejointe, accompagnée d'un souffle de vent, pendant que l'employé de la mairie murait la niche funéraire. J'étais absorbée par son travail, les gestes rapides de ses mains calleuses, le raclement de la truelle qui étalait le ciment. J'imaginais la lumière du jour rétrécir de seconde en seconde dans la tombe.

Elle s'est éteinte quand une brique est venue boucher le seul coin encore dégagé.

Les cheveux de ma sœur avaient repoussé, elle tenait l'enfant par la main. De l'autre, elle a cherché la mienne, et je l'ai repoussée aussi fort que j'ai pu. Ses lunettes de soleil sont tombées, révélant son visage bouffi et rougi par les pleurs. Son nez coulait, elle n'a pas trouvé de mouchoirs dans les poches de son pantalon. Alors, je lui en ai donné un, mais seulement pour faire taire les ragots. Les commères faisaient mine de lire les dates et les noms gravés sur les pierres tombales, mais elles n'en perdaient pas une miette.

J'ai pris dans mes bras le petit Vincenzo, si près de l'autre Vincenzo. Il m'a souri, il pesait plus lourd que la dernière fois. Cela a été un instant de joie. Il regardait, sans le savoir, la tombe encore fraîche de sa grand-mère qui ne l'avait presque pas connu.

Les sanglots secouaient les côtes d'Adriana. Elle pleurait de rage sur l'occasion manquée, sur sa superficialité. Elle n'avait pas cru à la maladie de notre mère. Les mains qui avaient frappé cette dernière étaient mouillées de larmes et de morve.

Avec ma sœur, j'ai partagé un héritage de non-dits, de gestes éludés, de soins refusés. Et d'attentions rares et imprévisibles. Nous n'avons été les filles d'aucune mère. Nous sommes encore, comme toujours, deux fugueuses.

C'était le moment des au revoir. Un nuage effiloché a brusquement caché le soleil, un frisson a parcouru mon dos. Parents et voisins défilaient devant nous dans un piétinement discret mais intense, ils nous faisaient la bise en murmurant quelques mots de réconfort à chacun, mon père, mes frères, et même à Piero. Certains passaient Adriana, en la voyant dans cet état. Ou peut-être l'estimaient-ils indigne d'être consolée.

« Toi tu as grandi à la ville, mais des mamans on n'en a qu'une », m'a dit une femme qui surveillait la place à toute heure depuis son balcon.

« Pauvre Eva, elle ne pensait jamais à elle. Elle s'est sacrifiée pour vous, pour ses enfants », a susurré la propriétaire du VéGé, qui avait été pendant des années notre principale, et parfois impatiente, créancière.

Son pied a cogné dans un vase de fleurs en plastique qui s'est renversé, elle l'a remis en place en s'excusant auprès du mort à qui il appartenait.

Il y avait aussi Odilia, elle était venue avec son triporteur, elle avait emmené son vieux chien et trois moutons sur la plate-forme arrière, allez savoir pourquoi. Adriana et elle ne se sont même pas regardées. Le dernier à s'approcher pour nous saluer a été un homme qui venait d'un hameau plus éloigné, ses cheveux sentaient l'étable.

« Cette femme était une sainte, maintenant elle est dans le monde de la vérité. Sois forte, sois forte », répétait-il, accablé.

Il a insisté pour me donner un sachet contenant des œufs frais emballés dans du papier journal, je devais en battre un tous les matins avec du sucre et du marsala, pour mon petit déjeuner. Ça me redonnerait de l'énergie, a-t-il dit dans le vent qui faisait ployer les cyprès.

Sans rien trouver à répondre, je me contentais de quelques petits hochements de tête. Ma mère racontée par les autres n'était pas celle que je connaissais.

Vincenzo a blotti sa tête dans le creux de mon cou, un endroit chaud et sécurisant. Tout le monde le regardait avec des petits sourires de circonstance ou de compassion, à cause de sa naissance dont personne n'avait rien su, de son père absent.

Nous avons tourné le dos aux tombes et nous sommes dirigés vers le portail. Ma mère est restée derrière les briques et le ciment encore humide. Un homme du village a demandé à Sergio comment c'était, de vivre en Libye.

La foudre est tombée très près, devant nous. Un trait de lumière brisé et une sorte de clic, les lampes votives se sont éteintes et le fracas du tonnerre a retenti. La pluie, si violente, n'était que le début. Nous avions à peine eu le temps de nous serrer sous le petit porche de l'entrée que la grêle a commencé à tomber. Le ciel verdâtre se vidait non pas sous forme de grains mais de boules de glace. Elles laminaient la luzerne dans un champ, les branches des arbres, un potager, au fond. Derrière nous, elles s'abattaient sans respect sur les tombes : les marbres et les granits, les photographies des défunts, les épitaphes en lettres d'or ou d'argent. Des chrysanthèmes et des marguerites, il ne demeurerait que quelques tiges coupées.

Le chien d'Odilia est arrivé le premier, courant follement dans l'allée sous cette volée de projectiles glacés. Les moutons ont sauté eux aussi de la plateforme du triporteur et l'ont suivi. Ils se sont réfugiés sous le porche pour chercher leur propriétaire, ils ont glissé leurs museaux entre les corps pressés, demandant protection. L'un d'eux tremblait de froid et de peur sur ses pattes mal assurées, il respirait en dilatant les narines. L'odeur pénétrante de laine mouillée se mêlait à l'ozone des éclairs.

Je tremblais moi aussi dans mon chemisier trop léger, Piero a posé sa veste sur mes épaules. Il avait un nouveau parfum. Adriana avait arrêté de pleurer, elle avait repris Vincenzo dans ses bras.

Nous nous sommes regardées : la grosse caisse de la fanfare n'avait jamais fait un tapage aussi assourdissant que celui que notre mère arrachait au ciel le jour de son enterrement.

La grêle s'est arrêtée subitement, comme elle avait commencé. Des rigoles d'eau boueuse ruisselaient partout, mais les coups de tonnerre n'étaient plus qu'un grondement lointain. Je suis rentrée en ville avec Piero, sa veste toujours sur mes épaules, j'avais l'impression de quitter le village pour toujours. Je reviendrais voir mon père, mais ce ne serait plus comme avant. La vapeur s'élevait de la campagne détrempée, l'eau continuait de ruisseler sur les pentes. Les crapauds traversaient la route avec leurs bonds préhistoriques et un empressement inexplicable. Nombre d'entre eux finissaient écrasés sous les roues des voitures, ils restaient le ventre à l'air, jaunes, les pattes tendues vers le ciel. Dans le rétroviseur, je voyais disparaître l'endroit où ma mère avait vécu et où j'avais été sa fille.

J'avais perdu Adriana et Vincenzo, à un moment donné. Je les avais perdus sous le porche, entre les coups de tonnerre et les gens, la croupe des moutons et notre adieu silencieux aux gamines que nous n'étions plus. Aucun doute qu'elle non plus n'était pas passée à la maison, après. Elle rentrait à Pescara avec quelqu'un, elle prenait les mêmes virages, quelques kilomètres devant ou derrière moi. Et alors que nous, nous partions, dans notre salle à manger les voisines découvraient les plateaux remplis de mets froids qu'elles avaient préparés, ouvraient les bouteilles et proposaient des boissons gazeuses aux personnes présentes. Elles mangeaient et buvaient à la mémoire de « la pauvre Eva ».

Je l'avais de nouveau perdue, mais je n'étais pas inquiète. Adriana savait où me trouver.

Nous roulions sans mot dire, Piero concentré sur la route. De temps en temps, il faisait des écarts pour éviter les crapauds. Je jetais parfois un regard à son profil parfait et impénétrable qui tressautait en même temps que la voiture lorsque nous passions sur des nids-de-poule ou sur des tronçons rendus irréguliers par les racines de pin. À un moment, il a lâché la boîte de vitesses pour prendre ma main, abandonnée sur mon ventre. Il l'a serrée et réchauffée jusqu'à ce qu'il change de vitesse.

Dans la via Zara, il m'a déposée devant la porte de l'immeuble. J'ai ignoré la boîte aux lettres qui débordait de courrier et je suis montée pendant qu'il se garait. Cela faisait des jours que je n'étais pas rentrée à la maison, l'appartement sentait le renfermé et l'absence, deux absences différentes. J'ai ouvert quelques fenêtres. Sur la terrasse, les hortensias étaient tous morts de soif.

Je l'ai attendu assise à la table de la cuisine, la lumière allumée. Les jours raccourcissaient, le ciel était l'ourlet noir et menaçant de l'orage qui avait éclaté dans l'arrière-pays.

Il a sonné à la porte, comme si cet appartement n'était plus le sien.

« Tu n'as pas tes clés ? ai-je demandé.

— Je ne les trouve pas, j'ai dû les oublier au cabinet », a-t-il dit.

Il était passé acheter du lait frais dans le magasin à l'angle avec le viale Kennedy, voilà pourquoi il avait tardé. Il l'a fait chauffer dans le pot métallique, a pris nos tasses identiques, a sorti les biscuits. Il ne s'est pas souvenu d'où nous rangions le sucre de canne. Il s'est assis lui aussi, nous avons mangé, embarrassés, dans la lumière blanche et trop forte. Cela a été notre dernier dîner dans cette cuisine, avec du lait et des biscuits un peu rances.

Aujourd'hui encore, alors que je reviens vers l'hôtel à côté de la via Zara, j'ignore s'il avait vraiment l'intention de dormir à la maison ce soir-là. Il s'est levé pour laver les tasses et je suis allée me coucher. Il a dû entendre mes sanglots en passant devant la porte entrouverte de notre chambre plongée dans la pénombre. C'était mon tour de pleurer. Il est entré et s'est assis à côté de moi, il m'a serrée contre lui, fortement et longuement. Parfois, il tremblait un peu. Il a essuyé mes larmes avec ses pouces et embrassé mes yeux salés, mon nez, ma bouche. Je pleurais toutes mes pertes, passées et présentes, lui compris. Il me réconfortait et pourtant c'était lui qui me quittait, nous le savions tous les deux.

Un cri étouffé quand je lui ai mordu la lèvre, puis nous nous sommes embrassés plus longuement. Il s'est déshabillé avec des gestes précipités, il était déjà sous le drap. Je suis restée immobile, sans savoir si je voulais l'accueillir.

« Tu n'as pas envie ? » m'a-t-il demandé, avec la voix rauque du désir retrouvé.

Je n'ai pas répondu, je lui ai tourné le dos. Il a parlé

à sa vertèbre préférée, l'a un peu mordillée. Il se pressait contre moi puis s'écartait, le sexe de plus en plus dur. Sa main était sur mon ventre, je me suis abandonnée. Il m'a pénétrée.

Cela aussi, c'était la dernière fois.

16

Je n'avais pas dormi aussi profondément depuis longtemps. Je me suis réveillée en sursaut et il m'a fallu quelques instants pour reconnaître notre chambre déjà ensoleillée et Piero étendu de son côté. Ma mère était enterrée depuis quelques heures et je n'étais plus au village.

Quand j'ai ouvert les yeux, il me regardait. Je l'ai trouvé amaigri, un nouveau tic agitait une de ses paupières. Son bronzage estival s'était estompé, laissant sur ses joues deux petites rides verticales et symétriques, son nez un peu pelé. J'ai approché ma main, il s'est raidi. On aurait dit une autre personne que la veille au soir.

« Qu'est-ce que tu as ? »

Au fond, j'espérais que Piero continuerait de se taire. Nous resterions ensemble dans ce mal-être qui, à cet instant, se propageait par vagues depuis son côté du lit. Peut-être qu'un jour il disparaîtrait, sans explication sur son apparition.

Piero a pris le temps de bien respirer, je crois, ou alors c'était seulement une pause plus longue. Il triturait le drap entre ses doigts.

« Ça fait longtemps que je veux te le dire. Mais ne me regarde pas. »

Alors je me suis tournée vers le mur de la penderie. Il me manque des lambeaux dans le souvenir de ce matin-là, l'instant où Piero a pris la parole reste confus, malgré mes efforts pour le retrouver.

« L'hiver dernier, j'ai rencontré quelqu'un. »

Ses phrases étaient courtes, chaque mot tombait sur le lit avec l'éclat et le tranchant d'une lame.

« Après, je t'ai juré que ça n'arriverait plus. Une nuit, pendant que tu dormais. »

Il a raconté à mon dos son combat silencieux contre une attirance forte et impérieuse. Parfois, sa voix se brisait, j'attendais sans bouger qu'il reprenne.

« J'essayais de résister, d'étouffer mes désirs. Mais je me sentais mort. »

Je l'écoutais dans la lumière qui envahissait la chambre, elle entrait dans la penderie par la porte coulissante restée ouverte. Par moments, il était sûr que j'avais compris, a-t-il dit, mais tout continuait comme avant.

« En avril, j'ai fait une rencontre par hasard, et après j'ai arrêté de les compter. »

Nos sacs et valises, rangés sur une étagère en hauteur, étaient maintenant par terre. Nous ne voyagions pas si souvent, mais au fil des ans il en avait acheté de nouveaux, de formes et de tailles différentes. Certains, jamais utilisés, avaient encore l'étiquette avec la marque et leur petit cadenas. Soudain, ils étaient là, en bas, prêts à partir. Et, au-dessus, il y avait les cintres nus, où étaient auparavant suspendues les chemises et les vestes de Piero. L'espace vide laissait voir la robe que je portais le jour où nous avions fêté son diplôme à la campagne, avec l'auréole de sang sur la poitrine. Je la gardais en souvenir. La tache libérait des bribes de cette journée-là. Notre long baiser à table, sous les applaudissements des invités.

« Je suis fatigué de te mentir », a dit Piero.

Sa mère qui lui passait discrètement quelque chose en chuchotant. Je parlais avec Adriana et, quand je m'étais tournée, j'avais trouvé l'écrin en velours dans mon assiette. Il contenait une bague de fiançailles en or blanc et diamants, exactement à la taille de mon annulaire gauche. Costanza s'était émue, c'était elle qui l'avait choisie. La fête en avait été redoublée.

« Je ne voulais pas te faire souffrir », répétait Piero, en décalé.

Ma mère avait bien dit que ça arriverait, et un bout de gouttière était tombé. De ma joue du sang avait coulé sur ma robe. Tandis que le déjeuner se poursuivait à l'abri, Adriana et moi avions essayé de la nettoyer, mais les fibres du tissu étaient déjà imprégnées. Le signe devait rester, obstiné et féroce, incompris.

Combien d'autres signes avais-je négligés ? Qui était mon mari ? L'infidélité qu'il m'avouait devenait presque secondaire. Je ne comprenais pas dans quel repli de lui-même il avait dissimulé la souffrance qui jaillissait en bloc de sa bouche.

Je peinais à rester entière, bien arrimée au lit. Piero s'était assis, il fixait un point précis dans le vide. Je me suis assise à mon tour, à l'écoute de ce que je devais encore entendre. Son récit remontait dans le temps, jusqu'au mois de juillet de deux ans auparavant. Piero avait découvert la baie du Cecetto, à Vasto, et il y avait fait plusieurs rencontres occasionnelles, mais sans conséquences. Aux dunes de Tollo aussi, rien que du sexe. Il utilisait tout le temps le même mot, « rencontres ». Chaque occurrence était un coup porté plus profond dans ma chair.

Il allait sans cesse à la mer, à cette époque, c'était son père qui s'occupait du déménagement de son cabinet. Ces mêmes jours, à Chieti, je faisais passer les examens oraux aux étudiants dans des salles torrides et tendais au professeur Morelli des petits papiers avec une proposition de note, qu'il confirmait ou non. La plupart du temps, le 28/30 suggéré passait à 30/30, pendant que mon mari couchait avec d'autres au Cecetto ou dans les dunes.

Je ne pensais pas à cela, alors que Piero parlait. J'avais froid, adossée à la tête de lit. Les mêmes frissons que le jour qui était devenu celui de nos fiançailles. J'ai toujours froid quand il m'arrive quelque chose d'important.

Costanza m'avait emmenée dans sa chambre et m'avait donné un gilet. Le revoilà, vert et doux, avec son parfum sur le col et les poignets. Je l'avais enfilé et le sang sur ma robe avait été masqué. C'était à cela que je pensais, à la couleur du gilet de Costanza qui était peut-être vert pétrole – je ne distingue pas bien les nuances chromatiques. Et à elle, qui organisait déjà notre mariage.

« Ça va être une très belle cérémonie. C'est merveilleux que Piero ait trouvé une fille comme toi.

— Votre mari en est content, lui aussi ? » avais-je demandé, pleine de doute.

Je craignais que le docteur Rosati souhaite une épouse issue de la haute société de Pescara pour son fils unique.

« Nino est un homme réservé, mais je t'assure qu'il est très, très content. »

Quand elle était heureuse, Costanza employait des superlatifs.

« Tu comptes beaucoup pour Piero. Nous ne pouvions pas rêver mieux pour lui. »

Il avait l'air plus calme, à présent, assis à côté de moi. Au fur et à mesure qu'il s'épanchait, il arrivait même parfois à me jeter un regard. Seule sa paupière continuait de cligner, hors de contrôle.

« À l'automne, j'ai continué de voir les mêmes personnes, plus ou moins. Je les retrouvais dans certaines boîtes, à Pescara ou en dehors. »

Il en a dressé la liste : Heroes, Rainbow Club, le sauna de Silvi Marina. Moi qui croyais connaître la ville et ses alentours, je n'en avais jamais entendu parler. Je pensais toujours qu'il était à des dîners avec ses amis de l'escalade.

Dans l'après-midi, le ciel était redevenu bleu, l'air était de nouveau chaud. Les invités nous avaient salués, ils rentraient chez eux munis de dragées rouges dans leur sachet de tulle. Piero et moi étions sortis sur l'herbe sèche. Il avait caressé de son index ma blessure fraîche avant d'examiner la gouttière restée par terre.

« Un peu de pluie a suffi à la casser », avait-il dit en la touchant du pied.

J'avais moi aussi repensé à cet étrange incident.

Après cette fête, nous avions culbuté vers le mariage sans saisir ce qui se passait. Ce n'était pas déplaisant. Nous étions amoureux, ou en tout cas nous étions unis par le besoin d'une chose à laquelle je pouvais donner son nom et lui le mien. Nous allions avoir un endroit qui n'appartiendrait qu'à nous.

La mère de Piero pensait à tout, infatigable. Un jour nous lui avions demandé pourquoi elle était si pressée.

« Si vous ne vous dépêchez pas, ce sera fini », avait-elle laissé échapper à voix basse.

Elle nous regardait tour à tour, pleine d'appréhension.

C'est elle qui avait trouvé l'appartement de la via Zara, une occasion à saisir avec cette vue sur la mer, répétait-elle. Son mari fournissait les chèques : un pour les frais de notaire, un autre plus consistant au moment de la signature de l'acte de vente. L'architecte, c'était nous qui l'avions choisi ; moyennant quelques aménagements et une distribution judicieuse de l'espace, l'appartement était devenu fonctionnel. Comme notre mariage, au début.

« Mes parents ont toujours eu honte de moi pour une raison ou une autre, une année parce que j'avais été recalé, une autre parce que je portais une boucle d'oreille. Quand tu es arrivée, c'est de toi qu'ils étaient fiers », a dit Piero.

Je ne sais pas comment son discours avait dévié sur ses parents, par moments je perdais le fil des vérités qu'il me révélait. Il a posé une main sur la couverture au niveau de ma jambe, mais je la sentais à peine. Essayait-il de me consoler ou s'agrippait-il encore à moi ? J'ai pris son annulaire d'où son alliance avait disparu et je l'ai tordu en arrière, vers son bras. Il n'a pas réagi.

Il parlait sans égards, après ces mois de silence. Il semblait plus léger, libéré. Moi, je ployais sous le fardeau qu'il avait porté si longtemps. Il me le transmettait.

Je ne voulais pas l'imaginer entrer, circonspect, dans une boîte de nuit, et encore moins à la sortie, les cheveux en bataille, imprégné de la puanteur de renfermé, de tabac, d'alcool et de sexe. Combien de fois l'avais-je entendu, depuis notre lit, s'attarder sous la douche après ces dîners fictifs. Puis il arrivait dans notre chambre, embaumant le gel douche.

Je ne le reconnaissais pas dans son récit, je ne reconnaissais pas le garçon qui m'avait accompagnée chez Gagliardi pour la liste de mariage. Nous nous étions amusés. Un service d'assiettes pour les grandes occasions, un service simple pour les soirées entre amis. Des petites folies auxquelles nous ne pouvions pas renoncer, disait la vendeuse : deux vases Venini, le presse-agrume en forme d'araignée. Elle dévorait Piero des yeux. Ces mois-là, je me sentais si honorée d'entrer dans la famille Rosati.

Le jour de notre mariage, tout le village était là, sur la place. Quand je m'étais avancée au bras de mon père qui bombait le torse, ceux du fond s'étaient mis sur la pointe des pieds pour voir la mariée. Et ils n'avaient pas voulu rater l'arrivée des invités de Pescara, avec leurs voitures lustrées et les dames élégantes qui en sortaient en relevant le bas de leur robe.

Adriana me suivait en soulevant ma traîne, que j'avais voulue longue, au-dessus des pavés. Elle était à l'étroit dans ses chaussures à talons hauts et poussait parfois des *aïe* et des jurons à voix pas si basse. C'était mon témoin, avec sa robe rouge et son air effronté. Les villageois murmuraient sur son passage, mais les parents de Piero l'adoraient.

« Enchantée, je suis le témoin de la mariée, et sa sœur aussi », se présentait-elle.

Ma mère était un peu émue dans son tailleur bleu marine imprimé de grosses fleurs crème, peut-être que ce jour-là elle avait changé d'avis sur mon mariage : peut-être qu'il marcherait, après tout.

Le garçon d'honneur qui avait apporté à l'autel l'écrin avec les alliances s'était amusé en nouant le ruban. Il avait fallu du temps pour le défaire, et les ongles frénétiques d'Adriana. Le prêtre avait fait une plaisanterie sur les nœuds de l'amour, et là encore le signe m'avait échappé. Nous nous étions échangé bagues et baisers, nous avions cru à toutes les promesses récitées par cœur.

« La première fois, ça s'est passé sur la plage, il y avait du vent », a dit Piero.

Il revenait à l'été de deux années auparavant, il entrait dans les détails. Je n'étais pas certaine de vouloir le suivre dans son besoin de vider entièrement son sac, mais je ne l'ai pas interrompu. Je continuais de tordre son doigt et il ne protestait pas.

« Tu savais qu'il y a des plages nudistes dans les Abruzzes ? »

Adolescentes, Adriana et moi étions tombées sur

l'une d'elles par erreur. Je devais avoir dix-sept ans environ et elle trois de moins, c'était l'époque de nos aventures en stop. Ma sœur avait jeté un regard autour d'elle et n'avait même pas posé son cabas en paille.

« C'est plein de gros cochons ici, on se casse », avait-elle dit.

Je n'avais pas envie de raconter cela à Piero, alors j'ai secoué la tête et il a poursuivi. Je fixais ma robe suspendue au cintre, j'avais l'impression qu'elle flottait légèrement. C'était une illusion d'optique, l'air dans la chambre était immobile et aucun séisme n'était en cours. C'était moi qui tombais.

« Au début, je me contentais de regarder, certains prenaient le soleil et des couples s'isolaient. »

J'ai poussé d'un coup sec et quelque chose a cédé dans sa main. Un cri lui a échappé et je l'ai lâché, sur la couverture son annulaire enflait et noircissait déjà. Je ne pensais pas avoir autant forcé. J'étais trempée de larmes, je ne savais pas depuis quand je pleurais.

Ce matin-là, la baie était presque déserte, les nuages galopaient dans le ciel. Il s'était étendu, nu, sur sa serviette, et à chaque rafale le sable faisait comme mille piqûres d'aiguille dans son dos. Il s'était assoupi.

« Tu es en train de prendre un coup de soleil là, où tu es tout blanc », avait dit la voix, et une main était allée et venue sur ses fesses.

Il avait laissé faire pendant un moment, puis il s'était tourné, révélant son érection. Il avait vu le sourire dans la lumière éblouissante de midi. L'autre s'était agenouillé dans le sable ridé par le vent et s'était mis à le lécher et à le sucer.

« Ça s'est passé avec beaucoup de naturel, a dit mon mari. Tu es la seule personne à qui je peux en parler. »

Il ne connaissait même pas le prénom de cet homme et il ne l'avait jamais revu. Peut-être qu'il était là en vacances ou peut-être juste pour lui, pour lui rappeler ce qu'il désirait vraiment.

17

Il était resté immobile, sa transpiration et la salive d'un homme sur son corps séchaient au soleil. Les nerfs et les muscles éreintés par le plaisir, il n'avait pas réussi à lui parler. Les yeux fermés, il l'avait entendu se lever, et ses pas légers s'éloigner sur le sable. L'homme partait comme quelqu'un qui vient de livrer un cadeau.

Plus tard, une angoisse soudaine l'avait réveillé. Le vent était tombé, le ciel était nuageux au-dessus de la mer agitée. Sa peau brûlait, il avait couru sur le rivage. De là, il s'était tourné pour regarder derrière lui, sa serviette en éponge orange avec le creux de son corps. Il s'était baigné dans la solitude de la baie, nageant furieusement comme s'il devait aller jusqu'aux îles Tremiti.

Il était rentré à la maison peu après moi. Une longue douche, et il m'avait aidée à préparer le dîner avec sa gentillesse coutumière, ou peut-être plus accentuée. La nuit, il avait gémi dans son sommeil, peut-être à cause d'un cauchemar ou du coup de soleil que je n'avais pas vu.

Il a imposé une discipline à ses pensées, à ses attitudes. Ne désire pas les hommes, détourne immédiatement les yeux quand quelqu'un te plaît. Attention à ceux qui te regardent avec insistance, ils t'ont déjà identifié. Évite de fantasmer sur des hommes quand tu es avec ta femme. Tu es heureux, ce désir est inutile. Tu le tiens en respect depuis toujours, il disparaîtra, tôt ou tard.

Pendant un temps, Piero s'est maîtrisé. Un jour, sa secrétaire a appelé, il n'était pas revenu de sa pause déjeuner et son patient commençait à montrer des signes d'agacement dans la salle d'attente. Il n'était pas à la maison avec moi, mais dans des toilettes publiques, lui si obsédé par l'hygiène. Au début elles étaient vides, mais un homme d'une quarantaine d'années est arrivé. Parmi tous les urinoirs disponibles, il a choisi le plus proche du sien et a commencé à se toucher, haletant, les yeux fixés sur lui. Piero s'est appuyé au mur et, de l'autre main, il s'est masturbé à la hâte, tournant fréquemment la tête vers la porte. Ils ont joui en même temps, chacun dans son urinoir. Quelques minutes plus tard, il s'excusait auprès de son patient – beaucoup d'attente à la banque –, équipé de sa blouse et de ses gants. Il a demandé à son assistante de préparer le ciment dentaire pour les couronnes définitives.

La digue qui avait tenu bon pendant de si nombreuses années était tombée. Une nouvelle vie a commencé, faite de mensonges, de peur de se faire découvrir, de plaisirs volés. Piero était né une seconde fois.

Cependant, il était agité, jamais au bon endroit. Pas avec moi, son désir l'attirait ailleurs. Pas dans les endroits où les rencontres avaient lieu, habités par la faute. Un automne pluvieux était arrivé, les plages au sud n'étaient plus praticables. Le point de rendez-vous à San Luigi lui semblait dangereux, en plein air il se sentait trop exposé, au fond Pescara n'était pas une si grande ville. Les commérages circulaient partout et il venait d'une famille en vue. Il se souciait bien plus de son père, de sa mère et de leur entourage bien-pensant que de moi. Il se souvenait de Costanza – toujours impeccable, chic – imitant, quand il était petit, la démarche un peu chaloupée d'un de leurs voisins, sa voix aiguë. Elle se moquait de cet homme en se tapant sur les cuisses. Piero ne voulait en aucun cas que ses parents viennent à le savoir, il avait peur de le savoir lui-même. Lui le premier se jugeait déviant.

Dans les salles obscures des bars et boîtes qu'il s'était mis à fréquenter, il se sentait plus à l'abri, mais il en fallait peu pour qu'il s'alarme. Si un patient le voyait ? Sous les lumières pourtant tamisées il avait reconnu, dans les formes nues d'un corps qui se frottait contre un autre, Maurizio, son camarade du lycée. Pendant une sortie scolaire, celui-ci l'avait poussé contre le bus garé, essayant de l'embrasser sur la bouche. Piero s'était enfui, à l'époque, surtout perturbé par la révolution qui éclatait dans son pantalon. Maurizio, surnommé Zizzi, l'avait-il lui aussi reconnu, le temps d'un regard ?

Puis il a rencontré un homme de Bari qui habitait seul dans un appartement non loin du stade, de temps en temps il allait l'y retrouver. Lit, canapé, à deux sous la douche, sans se cacher. Mais aussi plats de pâtes devant la télé, vin blanc sorti du frigo, verres à pied entrechoqués. L'autre lui demandait de rester dormir et, un soir, Piero lui a dit oui, dans l'épuisement qui suit l'orgasme. Il est rentré le matin, muni d'excuses et de mensonges à me déballer. Certaines nuits, la certitude d'être chassé de notre domicile le tirait de son sommeil. Les valises qu'il avait achetées l'attendaient, neuves, dans la penderie.

Son amant commençait à exiger plus de présence, il le voulait entièrement pour lui.

« Tu sais que je ne peux pas », répondait Piero.

L'homme se plaignait avec son accent mélodieux de Bari, il devenait importun. Cette relation avec un homme marié, qui l'avait tant excité au début, lui pesait.

« Je vais lui parler, à ta femme, l'a-t-il menacé une fois.

— Je ne la quitterai pas pour toi », lui a répondu Piero en reprenant sa veste.

Il n'est plus jamais retourné là-bas. Il craignait seulement que l'homme entre vraiment en contact avec moi. Mais il ne lui avait jamais donné son numéro, ni même son nom de famille. Tout ce qui restait de lui dans cet appartement à proximité du stade était un prénom pensé avec l'accent de Bari, une nostalgie. Pendant des jours, des semaines ou peut-être des mois, Piero a eu l'illusion d'être rassasié. Les ébats hors de la maison de cette période-là lui avaient suffi, c'est ce qu'il a cru. Il pouvait réintégrer pleinement notre vie à deux, si agréable, si dépourvue de risques. Il était très tendre avec moi, il projetait des vacances exotiques, un voyage au Mexique. Il faisait allusion à la possibilité d'avoir un enfant, une fille, il allait jusqu'à divaguer sur son apparence, ses ressemblances.

« On l'appellera Alessia, ou Viola », imaginait-il.

Et, le soir, alors que je tendais le bras vers la table de chevet pour attraper la pilule : « Il ne serait pas temps d'arrêter de la prendre ? »

C'était lui qui me sollicitait. Nouveauté, il me demandait de lui sucer les mamelons d'abord. Il me pénétrait par-derrière en me tenant serrée contre lui, en m'embrassant dans le cou, sur le dos. Mais ensuite il lui arrivait de se perdre en moi, son sexe rétrécissait, mollissait, il glissait hors de mon corps. Cela m'était égal, seule ma chair était insatisfaite, dans sa tension un peu douloureuse. Nous restions enlacés comme deux compagnons de route dans la nuit noire.

Il n'avait absolument pas l'intention de mettre fin à son abstinence quand il a accepté l'invitation à un anniversaire dans un de ces bars. Il m'a même dit qu'il s'y rendait, mais il a parlé d'un nouveau restaurant vers le port. Peut-être qu'il se sentait assez sûr de lui pour pouvoir se mettre à l'épreuve, peut-être qu'il pensait vraiment que son désir s'était éteint.

Au début, rien dans cette soirée ne lui a plu, il comptait s'esquiver rapidement. La décoration était outrancière, la musique trop forte, les guirlandes de pénis miniatures ridicules. Les hommes étaient torse nu, luisants d'huile, beaucoup déjà en slip. Soudain, ce garçon est monté sur la table et s'est mis à danser. À la différence des autres, il portait un jean moulant et un débardeur blanc éclairé par le stroboscope. Piero était attiré par ces pieds forts et primitifs qui marquaient le rythme sur le bois, par ces orteils presque préhensiles. Il ne sortait pas d'une école de danse, mais il fascinait. Tout le monde l'a regardé et, à la fin, certains hommes surexcités se sont disputé en poussant des cris vulgaires le débardeur trempé qu'il avait lancé au public. Il est descendu d'un bond et s'est approché de Piero, en s'épongeant avec un bandana. Ils ont commandé deux mojitos et ont discuté au bar. Puis ils se sont isolés dans un coin, à l'abri du bruit et de la lumière. Ils ont ouvert leurs braguettes et ont commencé à se toucher l'un l'autre.

« Docteur Rosati..., lui a susurré le garçon à l'oreille.

— Comment tu sais mon nom ?

— Pescara n'est pas Los Angeles. On s'est déjà vus il y a quelques années, tu ne te souviens pas ? Tu es venu à la fête de Borgo Sud, on a dansé sur la place jusque tard. Après, je t'ai croisé plusieurs fois à la gare », a-t-il dit en essayant de le tourner vers le mur. Piero s'est dérobé et a arrangé sa tenue à la hâte.

« Tu me confonds avec quelqu'un d'autre. »

Sa main tremblait en remontant sa braguette, qui s'est coincée.

« Il faut que j'y aille, a-t-il dit.

— Au revoir, docteur », l'a salué le pêcheur, déçu.

Ce que Piero craignait plus que tout était arrivé : on l'avait reconnu. Dans la voiture, il a tapé du poing sur le volant en jurant. Cela faisait longtemps que nous n'avions pas vu Adriana, mais elle traînait certainement au Borgo et le pêcheur la connaissait. Il pouvait lui raconter cet épisode, elle me le répéterait. Il pleurait en conduisant vers la maison, il a acheté toutes les roses d'un vendeur ambulant qui sortait, découragé, de chez Ferraioli. Il voulait me les offrir, avant que je ne le quitte.

Il les a déposées sur moi, qui étais déjà au lit, et s'est précipité dans la salle de bains. Quand il est revenu dans notre chambre, je lui ai dit de mettre les fleurs dans un vase et aussi demandé s'il avait perdu la tête. Mais après tout, c'était seulement un geste gentil de sa part, j'ai regretté ma réaction désagréable.

« Donne-moi un cachet de Tavor », a-t-il dit, sombre.

Pendant quelque temps, il a même déserté la montagne et son seul défoulement a été le tennis. Il travaillait avec son père et ne sortait qu'avec moi, pour faire les courses ou aller au cinéma. Nous avons vu tous les épisodes de *Heimat 2* au Sant'Andrea, c'est Morelli qui m'avait recommandé ce film, et Piero l'a beaucoup apprécié. Il s'est familiarisé avec le public de cinéphiles locaux qui, au début, lui semblaient ennuyeux. Parfois, nous allions nous promener sur le front de mer, il gardait les yeux baissés, observant les chiens tenus en laisse.

Il rentrait de son cabinet dans un état d'anxiété que je ne m'expliquais pas. Il s'apaisait quand il comprenait au ton de ma voix que personne ne m'avait rien raconté et que notre mariage avait survécu un jour de plus. Nous prenions du Tavor tous les soirs.

Puis c'est arrivé. Il devait être dans un moment de faiblesse, l'autre l'a cueilli alors qu'il était désarmé. Ils se connaissaient de vue depuis des années, ils étaient allés à la même école, dans le même établissement balnéaire. Il n'y avait pas lieu de le craindre, Piero n'a pas détourné les yeux à temps.

Il fallait organiser un tournoi de tennis entre les membres du cercle, alors ils s'attardaient un peu après le match. Ou bien ils arrivaient en même temps chez Dolci Sport pour choisir les chaussures adaptées pour la terre battue ou acheter des balles. Ils se concertaient pour savoir s'il était plus opportun de les prendre blanches ou jaunes, plus visibles à la lumière artificielle. Ils débattaient sur l'adhérence d'une semelle comme s'il n'existait pas de problème plus important, pour le seul plaisir de passer du temps ensemble. Parfois, ils prenaient l'apéritif tous les deux et Piero rentrait à la maison aussi agité qu'un adolescent, plein d'énergie accumulée. Il était si nerveux qu'il démarrait au quart de tour.

Davide Ricci a remporté le tournoi. Il a raccompagné mon mari après le dîner qui a suivi, il a stationné dans un tronçon un peu sombre de la via Zara. Ils se sont embrassés inopinément dans l'habitacle de sa Golf, la bouche avide, à quelques dizaines de mètres du numéro 20 et de moi, risquant d'être vus par un habitant de l'immeuble. Ils n'en avaient plus rien à faire.

Une heure ou deux ont dû passer, c'est cette nuit-là, alors que je dormais, que Piero m'a juré de ne jamais le revoir. Ils étaient déjà amoureux. Davide n'était pas comme les autres. La résistance de mon mari a duré quelques mois, il a attendu le printemps pour déposer les armes.

En mai, ils étaient dans les tribunes du Foro Italico pour le tournoi de Rome, Davide avait insisté. À moi, Piero avait parlé d'une formation intensive en implantologie à Rome, une semaine entière. Ça a été leur lune de miel. Cette année-là, c'est Jim Courier qui a gagné.

18

Le jour se lève, je suis presque devant l'hôtel. De l'autre côté de la rue, on aperçoit la mer, la plage blafarde de la demi-saison. Je ne vais jamais marcher aussi tôt, j'ai les muscles des jambes échauffés et l'estomac vide. Une voiture garée le long du trottoir, Piero endormi, la tête contre la vitre. Il a une heure d'avance à notre rendez-vous, et allez savoir depuis quand il est là. Je n'avais jamais vu cette voiture. Il a la bouche entrouverte, un coin de la vitre s'embue à chacune de ses expirations. Quinze fois par minute ; c'est lui qui me l'a appris, mais peut-être que c'est seulement douze fois ou même moins pendant le sommeil d'un sportif. La ride verticale de sa joue s'est transformée en sillon. Et il a plus de cheveux blancs, évidemment.

Je toque doucement et souris. Il ouvre brusquement les yeux, me sourit en retour. Nous restons un moment ainsi, sans bouger. Je n'ai jamais tout à fait guéri de lui, quelque chose se contracte encore en moi. La sensation nid-de-poule ou dos-d'âne, l'appelait une de mes camarades de classe au cœur tendre. Mais à présent, cette sensation est légère, domestiquée, c'est seulement un réflexe sourd qui n'a pas complètement disparu au fil des ans.

Il met le contact et ouvre la vitre électrique. « Bonjour », dit-il. Instinctivement je passe une main dans ses cheveux aplatis.

Nous entrons dans l'hôtel. La salle du petit déjeuner est vide, les tables attendent le réveil des clients, sur chacune un sucrier blanc. La fille qui m'a servi le dîner dans ma chambre sous la forme d'un verre de lait apporte des beignets et des croissants de la cuisine.

Nous nous asseyons à côté de la baie vitrée avec vue sur la mer, comme quand nous étions un couple en vacances. Mais nous ne le sommes plus, et soudain je me demande ce que je fais là avec lui, alors que non loin l'irréparable peut avoir lieu. Un homme rasé de frais est descendu, il nous salue d'un mouvement de tête. De temps en temps, il lève les yeux de son journal pour nous jeter un regard, je ne sais pas ce que nous sommes selon lui. Ni conjoints ni amants, voudrais-je lui dire, jamais ennemis.

Je n'arrive pas à manger, pas même le bout que j'ai détaché de mon croissant, je me contente de l'émietter.

« Mets plus de sucre dans ton cappuccino, au moins », insiste Piero.

Je bois quelques gorgées, lui demande comment il va. Plutôt bien, il sort moins souvent en montagne et il a renoncé à grimper la paroi nord du mont Camicia. Il ne regrette pas le cabinet de son père, Vertigo lui prend beaucoup de temps et le nombre d'abonnés augmente. Je dois lui paraître perdue, il me rappelle ce dont il parle : sa salle d'escalade sportive, la première de Pescara. Il n'a aucune raison de se faire du souci pour ma mémoire, c'est seulement que l'attente me consume. Et cela fait des années que j'oublie les détails de sa vie après moi.

Et moi ? Je hausse les épaules : je suis les mémoires des étudiants, je m'occupe des lecteurs d'italien. J'organise un colloque, mais maintenant je vais devoir le repousser.

Il sourit et secoue la tête. Peut-être qu'il voulait savoir autre chose, si je fréquente quelqu'un, par exemple. Je pourrais lui parler de mes amis, de l'homme avec qui j'ai eu une relation à l'automne dernier, de Christophe et de notre chat. La voix me manque. Lui, il ne mentionne pas son compagnon, par délicatesse.

Après le petit déjeuner, nous avons toute la matinée à tuer jusqu'à midi. Piero me propose de faire un tour en voiture.

« Allons à Borgo Sud », dis-je.

Il conduit avec concentration, son profil dans la lumière diurne, un dessin que j'emporte où que j'aille.

Il ralentit au niveau des premiers immeubles, des ouvriers travaillent sur le bord de la chaussée avec un marteau-piqueur. Une femme traîne derrière elle un caddie flasque, qui cahote sur le bitume irrégulier. Nous traversons la place avec un bateau en bois en son centre. J'indique de la main la direction à Piero.

« Tu es sûre ? Il sera là ? » demande-t-il.

Je suis seulement sûre de vouloir y passer. Les

portes et les fenêtres de la maison verte sont fermées, le seul signe de vie récente consiste en une pile de cagettes vides sur le devant, des cagettes de poisson. Certaines sont tombées, des chatons tous identiques, efflanqués, le poil hérissé, jouent dedans. Nous sommes arrêtés, moteur coupé.

« Tu veux descendre ? me demande Piero.

— Partons, je réponds d'un ton brusque. Emmène-moi à l'hôpital, j'attendrai là-bas. »

D'ici peu, on nous laissera entrer.

« J'ai appelé le médecin de garde. Son état est grave mais stable », a-t-il répondu ce matin à ma première question.

Pour le reste, il n'en sait pas plus. Personne ne sait exactement ce qui s'est passé.

Je ne supporte plus de tourner en rond, et qu'il me parle d'autre chose. Je lui répète de me laisser à l'entrée, mais il ne veut rien entendre. Il se gare et m'accompagne.

Sur le sol, des bandes colorées guident vers les différents services, dont les noms sont indiqués : rouge pour Médecine nucléaire, bleu pour Hématologie. Jaune pour Soins intensifs. Aux intersections entre les couloirs, les bandes se séparent, nous suivons la jaune.

Une femme vient à ma rencontre les bras déjà ouverts, avec un sourire enthousiaste. Elle me serre contre elle, elle porte un parfum aux notes sucrées, de ceux qu'elle aimait déjà à l'époque. Elle recule et nous nous regardons, après toutes ces années : Gabriella, camarade de lycée. Elle débite le récit de sa vie, son travail à la poste, trois enfants, un à Londres. Je suis pressée, je n'ai aucune envie de l'écouter. Maintenant elle va me poser des questions, elle regarde déjà Piero. Il ne se présente que par son prénom.

« Qu'est-ce que tu fais là ? me demande Gabriella.

— Je viens voir quelqu'un. »

À l'interphone, on nous dit que c'est trop tôt pour les visites, mais nous pouvons nous installer dans la salle d'attente et prendre notre ticket. C'est le numéro 1, nous serons les premiers à nous entretenir avec les médecins et à accéder au service. Nous sommes en sous-sol, la lumière qui entre par les soupiraux se mêle à celle des néons. Nous restons debout au milieu de la pièce ; aux murs deux grands posters de nos montagnes, le « petit Tibet » couvert de perce-neige. Dessous, une plaque mentionne le nom des donateurs. Je lis les phrases gravées dans l'argent ou écrites sur du papier mis sous cadre. Un garçon raconte son terrible accident et la nuit dont il ne serait pas revenu sans les soins reçus dans ce service. Ce sont les rescapés, c'est l'expression de leur gratitude envers les médecins et les infirmiers, envers Dieu. Les morts n'ont rien écrit.

Quelqu'un sonne, je ne sais pas pourquoi je m'approche de la porte. Au bout d'un moment, la personne sonne à nouveau et toque. Je regarde Piero sans oser ouvrir. Enfin, une commande automatique débloque la serrure depuis je ne sais où. Mon père entre.

« Toi ? » demande-t-il.

Sa bouche est agitée de spasmes et sa voix est mal assurée. Ses yeux rougissent instantanément, mais restent secs. Mon père ne pleure pas. Il écarte les bras et assène une claque furieuse sur ses cuisses, la main aux deux doigts manquants fait un bruit différent. Je suis arrivée hier soir en train, lui dis-je en séchant mes larmes avec un mouchoir.

Il est venu du village. Je ne lui trouve pas l'air si négligé, il s'est coiffé avec un peigne mouillé, comme à son habitude. Il porte une veste sombre parsemée de quelques pellicules sur les épaules, son pantalon est propre et repassé.

Pour la lessive, il se fait aider par Ginetta, la veuve du rez-de-chaussée. Il lave lui-même ses slips et ses chaussettes au robinet, par pudeur. Le lundi, Adriana va chez lui, elle aère l'appartement, fait le ménage et du rangement. Ils se sont réconciliés, après la mort de notre mère. Sans rien dire, elle a commencé à s'y rendre un jour par semaine, et sans rien dire il l'a accueillie, ou du moins il ne l'a pas chassée. Parfois, ma sœur lui apporte du poisson frais et le prépare, il est toujours un peu réticent, il n'est pas habitué. Il aime les anchois frits, qu'il mange avec toutes leurs arêtes, quant aux calamars, il n'aime que leurs tentacules, mais bien croustillants. Cela, c'est Adriana qui me l'a raconté en secouant la tête. Cependant, ma sœur ne sait pas se servir d'un fer à repasser, surtout pas sur les pantalons à pli, elle le fait toujours aller de travers. Alors c'est Ginetta qui s'occupe de cette tâche. En échange, mon père l'emmène en voiture faire ses grosses courses et, en automne, il empile le bois dans sa remise.

Piero s'approche et lui tend la main, mon père l'ignore. Il répond d'un mouvement de tête, difficile de dire si c'est un salut méprisant ou une question muette : qu'est-ce que tu fiches ici, toi ? Il s'assied, penché en avant, les coudes sur les genoux. De temps en temps, il prend sa tête entre ses mains pour compresser le désespoir qu'elle contient. Il n'a pas de mots pour le dire, s'il le libérait, ce serait sous forme de cris et de jurons, comme à la mort de Vincenzo.

Je m'assieds à mon tour, laissant une place vide entre nous deux. Piero s'est retiré dans la partie opposée de la salle d'attente. Le temps ne s'écoule pas. Mon père garde le regard fixé devant lui, parfois il se souvient de moi et ses yeux se tournent dans ma direction.

On sonne de nouveau, la porte s'ouvre immédiatement. Entre un groupe qui échange des phrases inquiètes en pleurant. Un membre de la famille vient d'être hospitalisé. Une femme soutenue par un homme aussi éprouvé qu'elle, ce sont sans doute les parents. Les deux jeunes filles sanglotent dans les bras l'une de l'autre, nous, cela, nous ne savons pas le faire. Dans leur étreinte, leurs cheveux lisses forment un contraste, les uns teints en noir, les autres en blond. L'une est la petite amie, l'autre la sœur du garçon hospitalisé en soins intensifs, visiblement. Un accident de travail, il a été écrasé par un chariot élévateur.

Il est presque midi, je dis à mon père que d'ici peu les médecins nous donneront des informations, puis nous pourrons entrer dans le service à tour de rôle.

« Ce type n'a plus rien à faire dans notre famille », déclare-t-il en indiquant Piero du menton.

Les autres visiteurs arrivent tous en même temps à midi tapant, ils prennent leur ticket et se lavent les mains. Ils s'assoient sagement, maintenant ils se connaissent et certains échangent des nouvelles de leurs proches respectifs. D'autres restent silencieux, repliés sur eux-mêmes.

« Numéro 1 », appelle une infirmière en montrant une porte.

J'y suis presque, le cœur emballé et l'estomac serré. Je me tourne, seul Piero m'a suivie, mon père est resté assis.

« Viens, papa. »

Il secoue la tête, et je n'ai pas le temps de le convaincre.

Une table nous sépare du médecin, dessus se trouve le dossier avec son nom. Le docteur l'ouvre, mais il ne le consulte presque pas, il a tout en tête. Il est professionnel, affable. Il s'adresse à moi, jetant de temps en temps un coup d'œil à Piero. Ils se sont vus hier.

« Il s'agit d'un traumatisme consécutif à une chute. Le neurochirurgien a évacué son hématome sous-dural, actuellement ses paramètres vitaux sont stables, elle est robuste. Ne vous laissez pas impressionner quand vous la verrez. »

Je lui demande si certaines séquelles seront irréversibles. Il ne répond pas immédiatement.

« Pour le moment, nous tâchons de la maintenir en vie, toute autre considération est prématurée. Elle est sous calmants, d'ici quelques jours nous allégerons le traitement et nous verrons », finit-il par dire.

J'avais d'autres questions, mais je ne m'en souviens plus. Piero me raccompagne dans la salle d'attente.

Je cherche les mots pour mon père, mais il sait. Il est déjà venu hier. Il ne parle pas avec les médecins, il ne va pas voir Adriana. Il attend qu'une infirmière du village sorte du service pour lui raconter quelque chose de compréhensible. Pendant que je m'entretenais avec le médecin, elle l'a pris à l'écart et lui a traduit les mêmes informations.

« Le numéro 1 peut se préparer », dit une voix jeune.

Je passe dans une sorte de couloir équipé de casiers, des mains me tendent l'équipement nécessaire : gants, masque, surchaussures à usage unique. Ces mêmes mains m'aident à nouer derrière mon cou et dans mon dos la blouse chirurgicale verte trop grande pour moi. Tout se passe très vite, maintenant. Je suis rentrée de Grenoble exprès et je ne suis pas prête. Une fois équipée, j'ai un temps d'hésitation.

« Venez », et la paume d'une de ces mains m'accompagne par une légère pression sur l'épaule. Un couloir, puis nous tournons, un autre couloir à la lumière blanche trop crue. J'entends nos pas étouffés sur le lino, pourquoi sont-ils si rapides ? Nous arrivons en soins intensifs.

19

Elle est pâle comme jamais, elle aime se voir bronzée, même en hiver. Dès que l'air tiédit elle se découvre, pour capter le moindre rayon de soleil. Maintenant il ne reste de ce hâle qu'une teinte jaunâtre sur ses bras nus, entre ses hématomes. Dans sa bouche entre un tuyau, dont la partie externe est plissée. Son oxygène passe par là.

Elle n'est jamais aussi immobile quand elle dort, elle se tourne constamment, entortille les draps, sort un pied. À présent elle est inerte dans ce sommeil artificiel, seuls ses yeux basculent de temps en temps vers le haut dans la fissure entre ses paupières, on n'en voit plus que le blanc. Un gros hématome lui déforme la moitié du visage, dans un dégradé du bleu au violet. On lui a un peu coupé les cheveux de ce côté, avant l'opération. Je me souviens quand les créanciers de Rafael les lui avaient coupés, à Borgo Sud. Ici, on lui a attaché ceux qui lui restent en queue-de-cheval, avec un filet tubulaire pour pansements.

On a sans doute dû la démaquiller, je décèle à peine quelques traces du crayon noir qu'elle s'applique sans modération.

Je n'arrive pas à croire qu'elle soit étendue dans ce lit, le dos redressé. Tout a l'air d'une erreur, d'un échange de personnes. Je peine à discerner des traits qui lui ressemblent, sur ce visage tuméfié. Quelqu'un va entrer et me dire que ce n'est pas Adriana, ou que je ne suis pas sa sœur. J'ai dû rêver le coup de fil, le trajet en train, ma présence ici.

Je serre fortement le bord du lit, pour me raccrocher au monde, résister à la sensation de légèreté qui monte depuis mes pieds. J'ai peur de la toucher, de lui faire mal. Le drap couvre ses fractures, une d'elles est plâtrée. Le regard de l'infirmière veille sur moi, attentif à mes réactions. Il y a écrit LORI sur sa blouse.

« Vous pouvez la caresser », dit-elle.

Je passe ma paume sur sa main inerte, j'ai à peine le temps de sentir sa chaleur à travers mon gant qu'une alarme se déclenche, comme une cloche, ding ding ding. Je recule, effrayée.

« Ne vous inquiétez pas, le saturomètre est très sensible aux mouvements », me rassure la femme, et elle l'arrête.

« À quoi ça sert ? je demande.

— À mesurer le taux d'oxygène dans le sang », et elle m'indique une des vagues sur l'écran.

Je peux de nouveau toucher Adriana, mais cette fois je choisis son bras. Elle est souple, vivante. Elle sent les médicaments. Je m'approche de son oreille, l'appelle à voix basse.

« Je suis là, ce n'est pas grave si tu ne peux pas répondre. »

Je croise le regard de Lori, encadré par la monture épaisse de ses lunettes.

« Elle m'entend ? je demande.

— Parlez-lui, c'est important. »

Un filet de salive coule de sa bouche entrouverte, Lori l'essuie avec de la gaze. Adriana en aurait honte, mais elle l'ignore.

« Je t'ai rapporté de Grenoble les caramels que tu aimes bien, ceux au beurre salé », dis-je, bêtement.

La dernière fois, elle a mangé tout le sachet, comme une fillette goulue. Si elle était consciente, elle se moquerait de moi en imitant ma prononciation du mot Grenoble, avec le *e* muet et le *r* trop roulé. Je lui caresse la joue du dos de l'index. Sur l'autre, elle a des points de suture.

Je m'efforce de retenir mes pleurs, puis réalise que cela non plus Adriana ne peut l'entendre ni le voir. Je laisse mes larmes rouler. J'ai le nez qui commence à couler, mais je n'ai pas mon sac, ni des mouchoirs dans les poches. Je m'essuie avec la manche de ma blouse.

On l'a retrouvée il y a deux jours sur le bitume derrière le petit immeuble où elle habite avec Vincenzo, à neuf heures du matin. Un inconnu avait appelé les secours. L'ambulance est arrivée en quelques minutes, faisant retentir sa sirène sur le pont, puis dans les rues de Borgo Sud. Quand elle s'est arrêtée, Adriana était seule, une femme privée de connaissance couchée par terre. Elle portait une robe jaune, une chaussure à talon se trouvait, à l'envers, à côté de son corps gisant dans une position anormale. L'autre était restée sur la terrasse en haut de l'immeuble, Adriana est tombée de là. Au premier étage, elle a traversé un store, c'est ce qui l'a sauvée, peut-être. Je ne me souviens plus par qui Pietro a eu ces informations, en partie par le médecin du SAMU, mais aussi par la police, je crois.

Elle étendait la lessive, à cette heure. Après le petit déjeuner, Vincenzo va en cours et elle, d'habitude, elle se prépare à sortir, au dernier moment elle monte avec sa bassine de linge tout juste tiré de la machine à laver. Pendant qu'il sèche à la brise marine, elle va faire des commissions et parfois prendre un café au centre-ville. Soigneusement maquillée et habillée, elle s'assied en terrasse et regarde les gens passer. Je n'arrive pas à comprendre comment elle a pu tomber de là-haut. Il est certain que ce n'était pas volontaire. Sur la terrasse, on a trouvé les draps de Vincenzo déjà suspendus au fil avec des pinces, mais la housse et la nappe étaient encore dans leur bassine bleue, mouillées. La chute a interrompu le travail de cette main que je tiens maintenant dans la mienne, veillant à ne pas déclencher à nouveau l'alarme du saturomètre.

« Qu'est-ce que tu imagines ? Qu'elle s'est jetée ? » ai-je presque crié à Piero avant d'arriver à l'hôpital.

Je ne supportais plus sa manière hésitante de prononcer le mot accident, avec une pointe de doute dans la voix.

« La police doit prendre cette hypothèse en considération.

— La police ne la connaît pas, toi si. » Et je me suis tournée vers la vitre.

Allez savoir ce qu'est devenue sa robe jaune. Les

secours ont dû la découper, ça va la mettre en colère. Je lui promets de lui en offrir une plus élégante, nous irons la choisir ensemble chez Santomo.

Elle est nue sous la toile, j'aperçois les électrodes sur sa poitrine. Un cathéter conduit son urine dans un sachet transparent accroché au lit, il contient du sang. Son corps est un champ de bataille, tous les orifices sont occupés. D'autres se battent pour elle, qui est désarmée. Elle n'engage dans la lutte que son cœur qui bat obstinément, sa volonté endormie mais vive.

Elle s'est déjà tirée d'affaire plus d'une fois. Elle a réchappé aux morsures d'un chien – une cicatrice creuse un de ses mollets –, à la voiture sans freins qui est passée à quelques centimètres d'elle, à 41,5 de fièvre quand elle a eu la rougeole. Je l'ai toujours crue invincible, je ne verrai pas sa mort.

Ma sœur est téméraire, elle n'a aucune mesure, elle ne fait qu'un avec le monde. Elle ne connaît la prudence que pour son fils. Ce matin, Piero et moi sommes passés en bas de chez elle. Il y avait une trace de sang, balayé en même temps que la sciure. Non loin, une serviette de table s'était prise entre des tiges d'herbe sèche. Peut-être qu'elle est tombée en voulant rattraper cette serviette, ou une pince à linge, ou seulement une de ses pensées farfelues. Le temps d'un instant une illusion de toute-puissance nous saisit, l'instant d'après elle nous a trahis.

Elle s'en sortira cette fois aussi, elle y met juste un peu de temps. Les quarante-huit premières heures sont passées.

Mais j'ai peur. Sous cette lumière, elle est si vulnérable, il n'y a aucune trace visible de sa force. Si une mouche l'importunait, elle ne pourrait pas la chasser, elle ne pourrait pas se gratter si quelque chose la démangeait. Elle est, et elle n'est pas. Elle gît suspendue au-dessus de cette frontière incertaine.

« Je passerai voir Vincenzo cet après-midi, mais je sais qu'il va bien, lui dis-je. Dans la salle d'attente, il y a papa et Piero. »

À cet instant précis, ses yeux bougent, il s'agit seulement d'un réflexe.

De la salive coule de nouveau du coin de sa bouche, l'infirmière s'est déplacée. Je l'essuie de ma manche propre, aucun doute qu'Adriana préfère que ce soit moi qui le fasse.

« Dimanche, je voulais t'appeler et puis je suis rentrée tard », lui dis-je.

Peut-être que si elle avait entendu ma voix au téléphone quelques heures auparavant, elle aurait serré le parapet avec plus de force, peut-être qu'elle se serait sentie plus solide, moins seule.

Je me sens coupable vis-à-vis d'elle. En étant loin, il a été facile de l'abandonner à elle-même. J'ai espacé mes coups de fil, je me suis peu à peu allégée du poids de sa vie. Elle était adulte, elle était mère. Je ne voulais plus être la gardienne de ma sœur.

« J'attends que tu te remettes, je ne repars pas », je la rassure.

Ce que j'ai construit de l'autre côté des Alpes me paraît soudain dérisoire, infime, moins important que la serviette de table qu'Adriana a peut-être suivie dans le vent. Carrière, publications, partiels. Amitiés, vieilles et nouvelles, habitudes. Je donnerais tous mes livres contre son réveil, sa santé. Je les brûlerais – mon seul patrimoine – sur la place Grenette s'il le fallait, si Dieu à qui je ne crois pas acceptait ce sacrifice.

Je ne prie pas, mais je jure de renoncer à tout, si nécessaire. Je reviendrai vivre ici, nous ouvrirons ensemble un restaurant à la Dogana, c'est son rêve depuis des années. Ou bien je l'aiderai à faire frire des poissons sur le front de mer, je tendrai les cornets aux clients. C'est mon vœu, mon expiation.

Nos coudes se cogneront dans l'espace exigu de l'Iveco, et aujourd'hui, ce jour atroce qu'elle ne voit pas n'aura été qu'un jour parmi de nombreux autres dans nos vies.

Ses voisins ont témoigné, a dit Piero. Ils n'étaient pas nombreux à se trouver chez eux, à cette heure les hommes étaient en mer, les enfants à l'école et quelques femmes déjà dehors pour faire leurs courses. La voisine d'en face d'Adriana est âgée et sourde, une femme de l'étage en dessous avait la télévision allumée. Personne ne sait rien. La personne qui a appelé les secours n'a pas donné son identité.

« Les secours ont été rapides, sur ce point elle a été chanceuse », a dit le médecin, tout à l'heure.

Il n'a pas pu m'assurer qu'elle survivra. Quand je le lui ai demandé une deuxième fois, il a haussé ses sourcils broussailleux et fermé le dossier, cela ne m'a pas paru bon signe.

« Allez donc la voir, maintenant », et il m'a congédiée.

Lui, il est habitué à la mort de ses patients, moi je

ne peux pas la concevoir pour Adriana. Voilà la différence. Je resterai ici jusqu'à la dernière minute des deux heures de visite sans faire un pas dans le sens de cette éventualité. Je ne veux pas me préparer.

« Cet été, on la fera pour de bon, cette croisière. »

Nous en parlons depuis des années, chaque fois le projet est reporté à cause de mon peu d'implication. Elle préférerait les Caraïbes, moi les fjords norvégiens, tout au plus. Nos dernières vacances ensemble remontent aux campings sauvages, dans des tentes qu'on nous avait prêtées. Nous nous déplacions en stop, nos parents ne savaient pas où nous allions. L'idée même de vacances leur était étrangère : notre père ne s'arrêtait que lorsque la briqueterie n'avait pas besoin de lui, le travail domestique de notre mère n'était pas considéré digne de repos ou de distraction.

Adriana plantait les sardines et déroulait les duvets d'une main experte. En Ombrie, à côté de Spello. Sur le Gargano, où elle a failli se noyer dans une crique.

« Là aussi, tu t'en es sortie », je lui rappelle.

Nous essayions de rattraper ce que les autres filles avaient automatiquement.

Si notre mère était encore vivante, elle s'agenouillerait devant le portrait de saint Gabriel aux lys, elle lui demanderait grâce. Je la vois murmurer avec ferveur : « Saint Gabriel, tu m'en as déjà pris un, celle-là tu dois me la laisser. »

Quand elle avait besoin de quelque chose, elle peuplait inopinément tout le ciel de saints et de madones, adolescente cela éveillait ma pitié. J'avais déjà une foi différente, le soir dans mon lit je dévorais les pages des *Hauts de Hurlevent*.

Adriana n'est pas vraiment athée, mais comme bien des gens elle ne perd pas de temps. À nourrir le divin en elle, à participer à des rites. Mais elle a exigé que son fils reçoive ses sacrements, jusqu'à la confirmation. Je n'ai pas pu être sa marraine, à cause du divorce.

Les valeurs semblent régulières, les chiffres sur l'écran varient peu. Cette ligne doit indiquer la tension, elle oscille toujours autour de 110/70. Toute cette souffrance reste aveugle et sans dessein, nous ne savons pas à qui la donner en offrande. Aucun Dieu ne nous surplombe ni ne nous aime.

Dans cette intimité anormale, avec les respirations assistées et les murmures chagrins des autres familles en fond sonore, je ne sais plus quoi lui dire, mon travail à l'université l'ennuie.

« Tu sais bien que j'y pige rien, à ces trucs », dit-elle quand j'aborde ce sujet.

Alors je lui parle du chat qui est de plus en plus gros, et qui se fait les griffes sur mon tapis neuf. Parfois, il gratte la terre des pots sur le palier. En général c'est Christophe qui passe le balai.

« Y se trame un truc entre ton voisin et toi ou c'est mort ? » me demanderait Adriana en temps normal, et je la traiterais d'imbécile.

Deux lits plus loin, une alarme se déclenche, le *bip bip* devient continu et monte dans les aigus, la vague sur l'écran s'aplatit. Un médecin et les infirmiers accourent. Arrêt, dit l'un d'eux, et il entreprend de faire un massage cardiaque. Adrénaline, demande le médecin. Lori installe des paravents autour du lit et invite tous les visiteurs à sortir. Je lâche le bras d'Adriana, je le serrais trop fort, à cause de la peur. La parente de la personne en arrêt cardiaque marche devant moi, angoissée. Elle s'arrête pour s'appuyer au mur du couloir, elle semble sur le point de s'évanouir.

« Appelez un infirmier », dis-je, et je la soutiens.

Un soulagement, une joie muette et cruelle m'envahissent : ce n'est pas à ma sœur, ce n'est pas à moi que c'est en train d'arriver.

20

On ne nous laissera pas retourner dans la chambre, l'horaire des visites est presque fini, mon père marmonne un salut et s'en va. Il reviendra demain, ce soir non, il a arrêté de conduire la nuit, la lumière des phares l'éblouit. Avec les autres visiteurs, nous nous préparons sans hâte, nous avons du mal à nous arracher à ces lieux. Piero me suit dans le couloir, un homme avance d'un pas vif dans la direction opposée, nous échangeons un regard. Sa tête m'est familière, et sa démarche aussi, peut-être qu'il ressemble à quelqu'un que je connais. Son visage s'éclaire quand nous nous croisons, il me touche le bras d'un geste léger mais intense. On dirait qu'il voudrait s'arrêter pour parler, mais il poursuit sa trajectoire, ses jambes continuent par réflexe. Je m'éclaire à mon tour, à contre-temps, je me retourne, il n'est plus là. Il doit déjà être dans la salle d'attente des soins intensifs, on doit être en train de lui dire qu'il ne peut pas entrer. Il est venu voir Adriana, lui aussi. Voilà à qui il ressemble, au souvenir de l'adolescent qu'il a été. Nous avons tous tellement changé.

Piero insiste, je vais défaillir si je ne mange pas.

À chacun de mes refus, ses propositions se font plus modestes : restaurant, brasserie, part de pizza au café de l'hôpital.

« Je mangerai plus tard », je le rassure.

Je lui demande de m'emmener de nouveau à Borgo Sud. Il stationne à l'endroit que je lui indique et me caresse les cheveux dans un geste qui lui était coutumier, quand nous étions ensemble. Sa main doit en avoir conservé la mémoire.

« Téléphone-moi quand tu auras fini, je passerai te chercher. »

Je lui souris, je ne l'appellerai pas. Sa voiture s'éloigne lentement. Je suis seule dans ce lieu, il ne m'appartient pas mais il traverse ponctuellement ma vie, c'est Adriana qui me conduit ici. J'ai l'impression que le ciel est plus dégagé, l'air sent toujours la mer et l'ail.

« T'es qui toi ? » me demande l'enfant qui a entrebâillé la porte.

À l'intérieur, des voix et le bruit de la télévision, la chaleur humide des familles nombreuses, l'odeur du déjeuner avalé depuis peu. Du poisson, aucun doute, je le sens aussi sur l'enfant qui me scrute de ses yeux sombres et impatients.

« Je suis la tatie de Vincenzo », lui dis-je.

Il ouvre un peu plus et Rosita arrive derrière lui. Elle s'essuie les mains sur son tablier et me serre fort contre elle. Nous nous écartons pour nous regarder. De la jeune femme qui avait son étal au marché, il ne reste que les cheveux bouclés, et un pétillement lointain dans le regard. Elle a eu cinq enfants, Adriana m'a tenue informée de ses grossesses au fil du temps. Elle a un instant d'émotion, puis elle esquisse un sourire qui révèle le trait noir entre ses couronnes dentaires et ses gencives. Tout le monde s'est tu dans la cuisine, on n'entend plus que les dessins animés.

« Claudio est arrivé à le motiver, ils ont été faire un petit match sur un terrain vers Francavilla. Ils vont pas tarder à rentrer », dit Rosita.

C'est sa voix au téléphone qui m'a ramenée en Italie. Mon neveu a un an de plus que son aîné, ils ont grandi ensemble ici, au Borgo, comme leurs pères.

Je m'assieds au bout de la longue table de la cuisine, dont la nappe est encore parsemée de miettes de pain et de pelures de pomme. Deux fillettes approchent, curieuses, je m'efforce de m'intéresser à elles, oubliant immédiatement leurs prénoms.

« Toi t'as pas mangé, devine Rosita, et elle se tourne vers la gazinière pour réchauffer quelque chose, faisant fi de mes protestations.

— Et Vincenzo ? je demande.

— Aujourd'hui oui, il a bien mangé. Hier il avait encore l'estomac noué, y avait rien qui passait. »

Ils lui ont dit qu'il ne fallait pas s'inquiéter pour sa mère, mais ils doutent qu'il les ait crus. Je retire ma veste et, alors que je m'apprête à la poser sur le dossier de ma chaise, la fillette avec des couettes la prend pour la mettre quelque part. Elle revient sur-le-champ pour étudier ma tenue. Elle s'accroupit sous la table, examine mes bottines pointues à lanières avec un petit talon bobine. Puis elle se relève.

« T'as des chaussures de sorcière, mais elles sont jolies », conclut-elle avant d'effleurer la manche de mon chemisier.

Rosita me met une assiette fumante sous le nez, ce ne sont que quelques pâtes, insiste-t-elle, Antonio a rapporté un kilo de calamars, elle a juste préparé une sauce toute simple.

Je commence à manger par politesse, puis je continue avec appétit. La fillette me regarde d'un air ravi, l'autre est en train de se bagarrer avec ses frères, derrière moi. Elle l'appelle à la rescousse.

« Il est où ? je demande.

— En mer. » Elle reste un moment silencieuse. « Avec toute cette marmaille à élever, faut que je bosse moi aussi, le matin je fais des ménages dans des cages d'escalier. »

Je bois un verre d'eau, elle prépare le café.

« Aujourd'hui, Vincenzo est retourné en cours. On l'a pas forcé, c'est lui qui a voulu. »

Après le dîner, il veut rentrer chez lui, Claudio l'accompagne et passe la nuit avec lui. Dès le petit déjeuner, ils sont là, assis à cette table. Adriana est tombée de la terrasse à quelques dizaines de mètres d'ici, à vol d'oiseau.

Rosita me demande de ses nouvelles. Qu'est-ce que j'ai pensé de son état, est-ce qu'elle réagit ? Non. Elle dort. Parfois, elle bouge les yeux, mais par réflexe. Une hésitation, et puis : « Elle est entière ? »

Je continue à ne pas comprendre comment elle est tombée, je réfléchis à voix haute. Certes, elle est distraite, mais quand même. Rosita débarrasse l'assiette, la fourchette et le verre, jette les pelures de pomme. Toujours en silence, elle retire la nappe et la secoue par la fenêtre. La cafetière gargouille et l'odeur du café se répand. La fillette aux couettes vient se plaindre : ses frères jouent à la Wii et elle ne peut pas regarder les Pokémon à la télévision.

« Amène le café à la dame », lui dit sa mère, et elle vient à petits pas, veillant à ne pas en renverser.

« Maintenant, allez ranger votre chambre, ta sœur et toi. Et vous deux – Rosita lève la voix pour s'adresser aux garçons –, faites vos devoirs. »

Elle s'assied à l'autre bout de la table, en face de moi, et se sert du café. Ce doit être sa place, avec le fourneau et l'évier à portée de main.

« Alors tu n'étais pas au Borgo quand ça s'est passé ?

— Je t'ai dit que le matin je fais le ménage dans des cages d'escalier, répond-elle, brusque.

— Et personne ne t'a rien raconté ? »

Il y a une réticence soudaine dans sa manière de secouer la tête. Elle boit une gorgée et me regarde.

« Pourtant, quelqu'un a appelé les secours, dis-je. C'est bizarre que cette personne ne soit pas restée avec elle le temps que l'ambulance arrive. »

Rosita ouvre la bouche, elle réfléchit un moment avant de renoncer à parler. Elle est tiraillée. Puis elle craque.

« Ici, les gens s'occupent de leurs oignons quand y a des embrouilles.

— Des embrouilles ? je répète.

— On les entendait tous brailler comme des

gabians, et des fois ça leur arrivait même de se taper dessus. » Elle avale le reste de son café d'un trait, avec un bruit de succion.

Elle se lève vivement et menace ses fils de les priver de Wii pendant un mois. Ils éteignent la console et se dirigent bruyamment vers leur chambre. Mon esprit est resté fixé sur ce qu'elle a dit il y a quelques instants : ça leur arrivait de se taper dessus.

« Mais de qui tu parles, Rosita ?

— Quoi, t'as pas pigé ? Adriana et Rafael. »

Pourquoi ils se disputeraient, je proteste, ça fait des années qu'ils se sont séparés, ils habitent dans des appartements différents. Leur seul lien, c'est Vincenzo.

« Qu'est-ce que t'en sais, toi, depuis la France ? Elle va même lui faire le ménage, des fois. »

Elle se laisse tomber sur sa chaise, pose ses mains potelées sur la table. Elle me jette un regard patient.

« C'est que ta sœur a la langue bien pendue et des fois ça pète, mais crois pas qu'elle en sort perdante, hein. Elle lui colle de sacrées raclées. » Elle mime une gifle.

Je choisis soigneusement mes mots.

« Pourquoi tu me racontes ça ? Ça a quelque chose à voir avec la chute d'Adriana ? »

Elle soupire et tourne la tête. Elle fixe longuement le frigidaire, où ses enfants ont collé des magnets et des autocollants en tout genre, dont beaucoup de l'équipe de foot de Pescara. Rosita les étudie un à un, mon cœur martèle mes tempes.

« On a entendu des cris, avant. »

Je n'ai pas de voix pour poser d'autres questions. De toute façon, elle ne me répondrait pas, elle pince les lèvres de manière obstinée, définitive. Nous restons ainsi, muettes, séparées par la longueur démultipliée de la table. En arrière-fond, le ronron paisible du réfrigérateur.

Du vacarme dans une des chambres, atténué par la porte fermée. Rosita se lève et retrousse ses manches. Elle m'adresse un regard interrogatif.

« Ne t'en fais pas, lui dis-je. Je sors prendre l'air, j'attendrai Vincenzo dehors. »

La fillette aux couettes réapparaît, elle porte ma veste sur ses bras comme si c'était un bien précieux. Elle me regarde l'enfiler et semble satisfaite de l'effet final.

Une fois dehors, je respire à pleins poumons, la température a baissé. Le claquement de mes talons sur le bitume me réconforte, je suis debout, je suis en mouvement. J'arrive sur la place, un banc, le contact avec le métal fait des bandes de froid contre mon dos et mes jambes. Les espaces verts entretenus, les dernières floraisons avant l'hiver. Depuis que la Mairie a décidé de réhabiliter le quartier, chaque famille a pris une plate-bande en charge, m'expliquait Adriana l'été dernier. Elle m'a montré un cercle gravé dans le sol, le symbole du Borgo, de la communauté des gens de mer.

Rester dans le cercle c'est la force, la vie, son sens. En sortir c'est se perdre, se mélanger, aller à l'affrontement dans d'autres quartiers. Ça ne vaut pas la peine, le danger est déjà dans la mer, tous les jours.

D'ici, on ne la voit pas, mais elle est juste de l'autre côté des rangées irrégulières de maisons, noire et glacée à cette période. Elle est la patronne de chacun, ici, le lieu du labeur. Elle est la fortune et elle est la mort.

Adriana, c'est comme si elle y était née, au Borgo. Je lui ai proposé plusieurs fois de déménager dans un appartement plus confortable, avec ascenseur, et plus près d'un établissement scolaire pour Vincenzo.

« Je t'aiderai pour le loyer, lui disais-je.

— Tu piges pas, répondait-elle en secouant la tête. Ce qu'on a ici, ça existe nulle part ailleurs. »

J'entends encore sa voix, un peu exaltée.

Je ne sais pas quand je l'ai perdue, où notre proximité s'est enlisée. Je n'arrive pas à identifier un moment précis, un épisode déterminant, un désaccord. Nous avons seulement capitulé devant la distance, ou peut-être était-ce ce que nous cherchions secrètement : un peu de repos, nous débarrasser l'une de l'autre.

Elle ne m'a rien dit de ses disputes avec Rafael. Je savais qu'ils s'étaient quittés, je ne réfléchissais pas aux suites de cette séparation. Nous sommes identiques sur ce point, incapables de nous séparer véritablement des personnes que nous avons aimées.

S'il est vrai qu'ils se tapaient dessus, c'était leur manière de rester liés. Rafael, je m'en moque, cela fait bien des années qu'il n'est plus dans le cercle de mes proches. Si cette histoire est vraie, j'ai honte pour elle, Adriana a encore la mauvaise habitude d'en venir aux mains. Elle s'en sert quand les mots lui manquent.

Elle n'a épargné que son fils et sa sœur, mais sa fureur retombe sur nous comme une tare, un péché originel. Elle est inscrite dans notre sang, elle couve en nous, inexprimée.

Je regarde autour de moi, dans la lumière des courtes journées qui décline déjà. Les arbres, les bancs vides de la piazza Rizzo, les fenêtres depuis lesquelles on voit le moindre mouvement. Une statue a été remplacée par la barque *Erminio padre* repeinte en blanc et bleu, aux pavillons triangulaires effilochés par le vent. C'est un autre symbole des pêcheurs. À présent, je suis certaine que tout le monde sait comment Adriana est tombée, dans cette famille si grande et si unie jusque dans son silence.

« Danie ! Danie ! » s'égosille une voix dans les étages. Avec cette Daniela, avec la femme qui l'appelle et les autres femmes du Borgo, ma sœur est allée sur la plage, tous les 24 juin à l'aube. Ensemble, elles ont mouillé leurs pieds, leurs mains et leur front en demandant à la mer et à saint Jean force, santé et intelligence pour l'année. La dernière fois, l'eau a séché trop vite sur la peau d'Adriana.

Un vieil homme passe et me fixe, je suis une étrangère. Qu'est-ce que je fais là ? Assise à un endroit qui, il y a un siècle, était un marécage. Je me le demande moi aussi. J'attends Vincenzo. Ça fait deux jours que je m'y prépare, et maintenant qu'il arrive les mots me font défaut.

21

Je sonne à la maison verte, même si la porte est entrouverte. Je n'ai pas parlé à Rafael depuis des années, mais il m'est arrivé de le croiser. Adriana me racontait d'un ton indifférent sa déchéance, un nouvel élément chaque été. Ils ont vécu une courte saison de bonheur. Je me souviens de son retour d'Afrique, quand sa barque est réapparue à sa place, à la bitte d'amarrage. Ma sœur l'aidait lors de ses pêches, seule femme du Borgo à sortir en mer. Le dimanche, ils se promenaient dans le centre, arrogants. Ils croyaient avoir leur vie en main, le temps de ces deux heures.

C'est à cette période qu'ils se sont mariés. Ils payaient une petite partie de leurs dettes chaque mois, Isolina gardait Vincenzo. Son nom peint sur le flanc de l'embarcation a brûlé pendant une nuit sans lune au port, et la barque avec. On a retrouvé un bidon d'essence vide, jamais la personne qui avait mis le feu.

Les cagettes sont éparpillées par terre, rares sont celles encore empilées. À cause du vent, ou de ces chats maigres qui traînent par là. Ils ont dû en élire une, parsemée de grosses gouttes d'excréments mous, comme litière. À l'intérieur, la guitare s'interrompt pour reprendre quelques secondes plus tard. Il essaie de l'accorder. J'appuie de nouveau sur la sonnette et j'attends. Une chatte blanche aux taches rousses et noires passe entre mes pieds, les contourne en frottant sa queue contre mes tibias. J'entends aussi sa voix, maintenant.

J'entre, je ne sais pas combien de chats viennent vers moi dans le couloir. Je n'y vois rien, je me déplace lentement pour ne pas leur marcher dessus. La puanteur d'urine est suffocante.

« Rafael », j'appelle. Il ne répond pas.

Il chante sans énergie une chanson de marin. Il est presque dans le noir, assis dans la cuisine. J'allume la lumière. Il cligne des paupières, ouvre sa main sur sa guitare éraflée.

« B'jour m'dame », et il me toise paisiblement de ses yeux chassieux.

Sur sa cuisse, un chaton joue avec une corde cassée, il la fait danser. Deux autres sont comme des bibelots sur le napperon au crochet ayant autrefois appartenu à Isolina. Ils me fixent depuis la table, aussi immobiles que des sphinx. Dans le cendrier, la cigarette s'est consumée presque jusqu'au filtre.

« Ça ne va pas ? » je demande à Rafael.

Son survêtement laisse ses chevilles, enflées et livides, découvertes. Il n'a plus rien en commun avec le jeune homme en uniforme militaire qui prend la poussière sur une étagère.

« Si si, ça va. Comment ça se fait que tu daignes te pointer chez moi, toi ?

— Vincenzo se fait du souci pour toi, il m'a dit que tu ne lui ouvres pas. »

Il recommence à accorder sa guitare, tourne les molettes et teste le son. Il semble avoir oublié ma présence.

« Faut pas que mon fils se fasse du mouron, je deviens dur de la feuille, il le sait. »

Il soulève le chat qui joue avec la corde, le pose délicatement par terre. Aussitôt, un autre saute de je ne sais où pour occuper la place laissée libre sur les genoux de Rafael. Celui-ci lui caresse le dos et lui parle comme à un jeune enfant.

« T'attendais ton tour, hein ? »

Il change brusquement de ton pour s'adresser à moi.

« Si tu veux t'asseoir, prends celle-là. » Il m'indique une chaise.

Son assise éventrée révèle son rembourrage. Je reste debout, sans enlever ma veste, il fait froid ici.

« Tu as su pour Adriana, pas vrai ? je demande.

— J'ai su qu'elle s'est cassé la caboche, voui. » Il tape sur la caisse de sa guitare.

Les chats qui traînent autour des gamelles vides se retournent pour le regarder, puis se remettent à déambuler.

« Ta frangine est trop distraite, ajoute Rafael en s'accompagnant de quelques accords. Je lui dis toujours de faire gaffe, mais elle est tête en l'air. »

Du remue-ménage derrière nous attire notre attention, il y a du mouvement dans un sac posé contre le mur. Croquettes au saumon, le plein d'énergie pour nos amis à quatre pattes, y a-t-il écrit. Il est rempli jusqu'au tiers, un des amis à quatre pattes s'est glissé dedans et y est resté coincé. Il se débat, pousse des miaulements apeurés. Rafael observe le corps prisonnier batailler dans le papier et se met à rire.

« Ça t'apprendra à jouer aux petits malins », dit-il.

Le chat finit par fuser hors du sac, rassasié et choqué. Les autres le regardent avec perplexité. Mon cou et mes jambes me démangent. Le sol est crasseux, l'évier rempli d'assiettes et de poêles sales. S'il est vrai que ma sœur venait de temps à autre faire le ménage, ça fait des semaines qu'elle n'est pas passée par là. Sur une étagère, un tas de jeux à gratter, pêle-mêle.

« Tu ne travailles pas ? je hasarde.

— Vous avez que ce mot à la bouche : le boulot, le boulot. Tu te sens forte parce que t'as une bonne situation, hein ? »

Il regarde ma bouche, attendant une réponse, mais perd aussitôt patience et poursuit.

« Mais si demain c'est la fin du monde, t'auras tout perdu en une seconde. Et tu te retrouveras dans une mouise pire que la mienne, moi je sais déjà ce que c'est. »

Je reste silencieuse, frappée par ses mots. Il continue : « En mer, j'étais un roi, puis j'ai perdu ma couronne. À terre, je suis un bon à rien. »

Je me déplace pour esquiver un chat qui se frotte contre ma bottine. Ses oreilles pelées sont couvertes de croûtes sanguinolentes.

« Çui-là, il est bouffé par la gale. J'espère qu'il va pas la coller aux autres. Ta frangine supporte pas mes chats, elle les chasse avec son balai. »

Il y en a trop, lui dis-je, ce n'est pas sain de vivre au milieu de toutes ces bêtes. Et pour Vincenzo non plus, quand il vient ici.

« Vous avez raison, mais qu'est-ce que tu veux que j'y fasse s'ils ont des petits ? Au début y en avait que quatre. »

Il indique de ses mains la multitude affamée. Les chats se déplacent nerveusement, la queue droite. Ils tournent autour de moi.

« Tu peux m'attraper une bière, s'il te plaît ? » Il fait un geste en direction du frigidaire.

Je suis un peu indécise, puis je finis par faire les quelques pas nécessaires entre ces corps poilus. Dès que j'ouvre le frigo ils accourent, crachent, se donnent des coups de patte.

« Oh, oh, du calme ! » crie Rafael. Et, à mon intention : « Chasse-les. »

J'attrape la bouteille et referme, il s'en faut de peu pour que certains restent enfermés à l'intérieur. J'ai aperçu des bouts de fromage moisis, des emballages vides, de la salade pourrie. Les chats s'échangent encore quelques coups de patte puis se calment lentement. Ils restent à l'affût de nourriture.

Je passe la bière à Rafael, qui la décapsule avec les dents. Il en boit presque la moitié à grandes goulées bruyantes.

« T'en veux ? me demande-t-il en me tendant la bouteille.

— Bon, ça suffit. Qu'est-ce qui est arrivé à ma sœur ? »

Il pose la guitare par terre, les chats sautent dessus.

« Voilà pourquoi la madame est venue voir Rafael. Elle veut savoir ce qui s'est passé, mais Rafael a rien à voir avec ça : il était là avec vous, pas vrai ? On l'a dit à la police. »

Les chats se déplacent en vague compacte vers lui, sous sa chaise, derrière, autour. Ils me fixent avec hostilité, amassés autour de leur chef. J'ai peur, maintenant, et il le sent, ma peur est plus odorante que la puanteur qu'il ne sent pas. Il boit encore, caresse le chat perché sur son épaule comme un assistant, un secrétaire.

« Ta frangine, il lui est arrivé ce qu'elle méritait. Si elle se réveille, elle te racontera elle-même qu'elle se fait sauter par l'ingénieur, elle l'amène même ici, au Borgo. »

Il a encore changé de voix, comme un comédien qui joue plusieurs rôles.

« Qu'est-ce que tu racontes ? De qui tu parles ? » je crie.

Il se lève et s'empare du sac, les chats se collent à lui, ils miaulent comme des forcenés. Il ignore les gamelles et verse les croquettes directement par terre, les chats nettoieront tout. Il continue de leur parler, de les cajoler, tout doux, leur dit-il, vous étouffez pas. Je ne sais pas ce qui me retient ici, devant ce spectacle de la folie.

Les pâtes aux calamars sont en train de remonter de mon estomac, je me reprends. En un clin d'œil je rejoins le couloir et allume la lumière, louvoyant entre les crottes. Puis je suis dehors, je referme la porte derrière moi. Je m'appuie à un réverbère et inspire profondément pour chasser la nausée. Quand je lève la tête, Vincenzo est là, il me regarde, pâle sous ses cheveux noirs. Je croyais qu'il était chez Rosita.

Nous marchons en direction du fleuve. C'est lui qui donne le rythme avec ses longues jambes maigres.

« Je ne savais pas que ton père était dans cet état.

— Papa n'est pas méchant, c'est juste qu'il se laisse un peu aller.

— À quoi lui servent toutes les cagettes qu'il a devant chez lui ? » je demande.

Il travaille pour un hypermarché sur la via Tiburtina, m'explique Vincenzo. Il charge du poisson sur le port et le livre là-bas. Il devrait apporter les cagettes vides à la déchetterie. Tôt ou tard, il ira les jeter, m'assure-t-il.

« Il ne m'a pas l'air de travailler, en ce moment », fais-je observer.

Ces temps-ci il n'est pas très en forme, mais il y retournera. Il a aussi un problème avec son permis.

« On le lui a retiré ? » je demande.

Non, il a juste expiré. Vincenzo est évasif, ou peut-être qu'il n'est vraiment pas au courant. Une voiture passe à vive allure, des mains le saluent par la vitre.

« Et les chats ?

— Une fois qu'ils sont là, tu ne vas pas les laisser mourir de faim, non ?

— Il suffirait de ne pas les laisser entrer, dis-je.

— Qu'est-ce que vous avez tous avec lui, à la fin ? Ma mère, les voisins, et maintenant toi aussi ! éclate Vincenzo. Qu'est-ce qu'il vous a fait, qu'est-ce que vous lui voulez, à papa ? »

Je lui rappelle qu'Adriana essaie d'entretenir sa maison, qu'elle s'occupe de Rafael.

« Elle ne s'en occupe pas, elle le juge. Ou plutôt, elle le méprise. Si elle fait le ménage, c'est pour moi, pas pour lui. »

Ce n'est pas une promenade que nous faisons. Il marche les poings enfoncés dans les poches de son survêtement, plein de colère. Je peine à le suivre. À seize ans, il a déjà compris trop de choses et je ne sais pas comment lui rendre la réalité plus douce.

« Tes parents ont une longue histoire derrière eux. Ils étaient très proches, puis quelque chose a changé, dis-je en lui touchant l'épaule.

— Maintenant, ils ne se font que du mal. » Il tape du pied dans une cannette vide.

« Mais toi, tu es né à l'époque, quand ils étaient heureux. »

Je voudrais lui parler d'Adriana et moi, des amours sacrées et un peu bancales que nous nous sommes trouvées quand nous étions jeunes. Si différents, mais aucun des deux destiné à durer. C'est nous qui les avons tenus en vie au-delà du raisonnable. Je voudrais aussi lui dire que, par sa naissance, il a sauvé sa mère.

Au lieu de cela, je reste silencieuse jusqu'au croisement, puis je lui demande comment ça se passe en cours, s'il est toujours aussi doué en maths.

« J'ai eu 10/10 au dernier contrôle, tatie. La prof ne met jamais une aussi bonne note. » Il ralentit et me regarde.

« Je le savais. » Je serre son poignet. J'ai parié sur son avenir.

Nous bifurquons dans la via Andrea Doria, l'arrêt de bus est à quelques mètres. Le bus arrive, clignotant allumé. Vincenzo se penche vers moi, me prend dans ses bras sans crier gare, m'aveuglant avec ses cheveux qui embaument le shampoing.

« Passe-lui le bonjour de ma part, moi j'irai la voir quand elle se réveillera. »

22

J'avais obtenu mon poste à Grenoble, je préparais mon départ. Adriana est arrivée un après-midi en train, sans l'enfant.

« Si je l'avais pris, on aurait rien pu faire », a-t-elle dit, mais peut-être qu'elle désirait passer un peu de temps seule avec moi.

Depuis la gare, elle a voulu se promener en ville, elle n'y était jamais venue. Macerata lui a paru petite, elle a douté qu'il y ait une université.

« Ça fait deux ans que j'y enseigne, je suis bien placée pour savoir qu'il y en a une ! ai-je dit en riant. Elle est très ancienne et très prestigieuse, ai-je poursuivi en lui montrant la façade du Palazzo Ugolini.

— Pourquoi tu t'en vas, alors ? » a-t-elle demandé.

Je lui ai tourné le dos et j'ai emprunté le chemin de la maison. L'appartement était petit, et dépouillé. Son seul luxe consistait en un lit à une place et demie avec une tête de lit en fer forgé, il avait appartenu à la grand-mère de la propriétaire. Je n'avais apporté de Pescara que quelques habits et des chaussures, les livres dont j'avais besoin pour préparer mes cours.

« Sûr que tu dois pas abîmer la cuisine, toi », a deviné Adriana.

Je rentrais rarement pour le déjeuner et, le soir, je me contentais souvent de pain et de tomates. Elle a inspecté le placard, le frigidaire presque vide.

« Tu te nourris de quoi ?

— J'achète juste ce dont j'ai besoin », ai-je dit.

Mais je l'ai emmenée dîner chez Secondo, je voulais fêter son arrivée. Le hors-d'œuvre de mets frits l'a enthousiasmée, elle a englouti les olives à l'ascolane et les *cremini*, ces boules de crème pâtissière frite. Le serveur a fait s'installer des gens qui avaient réservé, parmi eux se trouvait mon collègue d'histoire moderne. Il m'a saluée, je lui ai présenté Adriana. C'était un homme attirant, et il le savait. Même moi je m'en rendais compte. Il a posé sa main aux ongles parfaitement soignés sur la table, à côté de la mienne.

« J'ai encore du mal à comprendre ton choix. Et Morelli, qu'est-ce qu'il en dit ? » Son index tambourinait sur la nappe blanche, ma sœur le dévorait des yeux.

Mon professeur avait été le premier informé. Nous nous étions vus un dimanche, dans un café de Pescara. Ma décision ne l'avait pas du tout surpris, et il n'avait pas essayé de me dissuader, me donnant plutôt des conseils.

« C'est une bonne chose pour vous », avait-il conclu.

Nous nous étions donné une accolade sur le seuil, je me souviens de la douceur de sa veste et de son parfum, discret mais tenace. Il ne s'était pas étonné non plus de la fin de mon mariage, nous en avions déjà parlé par le passé. La séparation était elle aussi une bonne chose pour moi, j'imagine, pourtant il en était désolé.

Adriana a à peine attendu que mon collègue parte s'asseoir à sa table.

« Ici il y a ce type, en plus. Comment tu peux penser à partir ? a-t-elle demandé en me faisant un clin d'œil.

— Ici je ne suis pas assez loin, ai-je dit. Et j'y pense tout le temps. »

Elle a avalé une bouchée et a vidé son verre de verdicchio.

« À Piero ? »

Je le cherchais sans le savoir, dans mes promenades sur le front de mer ou dans le centre-ville. Un jour, j'ai lu son nom sur l'enseigne du cabinet et je n'ai pas su m'expliquer comment j'étais arrivée jusque-là. Je tressaillais quand il me semblait le reconnaître à distance. Toujours cette sensation de nid-de-poule ou de dos-d'âne, plus douloureuse qu'auparavant. De près, ce n'était jamais Piero, la ressemblance ne tenait qu'à un détail que mon désir avait accentué. Je rentrais à Pescara un samedi sur deux, juste pour avoir la maigre probabilité de le croiser.

« Je l'ai laissé partir du jour au lendemain », ai-je dit en farfouillant avec ma fourchette dans mon assiette.

Je n'étais restée dans l'appartement de la via Zara qu'une semaine de plus que lui. Je n'avais même pas emporté les cadeaux de mariage de mes parents, ils ont dû atterrir Dieu sait où, avec mon mariage. Le temps d'une saison, Michela m'avait hébergée à Chieti, tous les jours nous allions ensemble à l'université.

« Tu pouvais rien y faire, a dit Adriana en se resservant du vin. Piero est pas le mec que tu imaginais quand vous vous êtes mariés. »

Pourtant, tous les matins, je me réveillais heureuse à côté de cet inconnu.

« Je dois m'éloigner, ici rien ne change, c'est comme le premier jour.

— Alors fais gaffe de pas l'embarquer avec toi. »

J'aurais voulu lui obéir, mais Piero a dû se glisser dans ma valise, échappant à ma vigilance. Il s'est expatrié avec moi, dépendance incurable.

Ce soir-là, Adriana et moi nous sommes couchées dans mon lit à une place et demie, évoquant l'époque où nous dormions ensemble, plus jeunes.

« Au moins ce matelas est bien large, à l'époque on devait dormir tête-bêche, s'est-elle souvenue. Tu arrivais de la ville, toute proprette, et moi je me pissais dessus. »

Cela lui arrivait une nuit sur deux, et elle semblait ne pas y prêter attention. Elle étendait les draps rincés à la va-vite dans la baignoire et ne disait mot. De mon côté, je faisais semblant de ne pas remarquer que le lit était trempé. Elle m'a avoué sa honte cette fois-là, à Macerata, bien des années après.

Le matin, nous avons préparé mes bagages et fait le ménage. Nous avons rangé mes livres dans les cartons à expédier à Grenoble. Adriana a scruté d'un air sceptique l'essai du critique Cesare Garboli, *Il gioco segreto*, qu'elle avait trouvé ouvert sur mon bureau.

Nous nous sommes partagé les tâches, moi la cuisine, elle la salle de bains. De temps en temps, nous échangions quelques mots. Je l'entendais manier l'éponge et la serpillière, jurer devant une tache récalcitrante sur le miroir. « Laisse tomber, elle ne part pas », lui ai-je crié, la tête dans le four. Vers onze heures, elle est venue préparer un autre café, nous l'avons bu debout. Ça fait du bien, a-t-elle dit. Puis elle a allumé la radio et s'est remise au travail. Quand elle a eu fini, les sanitaires et les robinets étincelaient.

Piero, lui, avait vidé notre appartement petit à petit. Il est venu un après-midi récupérer les restes de sa vie encore stockés là. D'abord une raquette dans sa housse et quelques volumes de la revue *Matchball*, dont les couvertures rouges étaient illustrées de la photo d'un champion. Puis il a fait coulisser la porte de la penderie et a décroché ses derniers vêtements des cintres pour les mettre dans une valise. Il les pliait sur le lit, avec des gestes un peu hésitants.

Je le regardais, appuyée à l'encadrement de la porte. Il a tergiversé devant une chemise en lin que je lui avais offerte quelques mois auparavant, ses doigts se sont attardés sur le tissu. Il a fini par la ranger dans la valise, sur un pull. Il s'est tourné vers moi, pour me prier encore une fois de rester habiter là. Dans l'appartement que son père avait acheté, même pas en rêve, lui ai-je répondu. Il a insisté, cet appartement était le nôtre, le mien. Je n'avais pas à supporter les désagréments d'un déménagement, en plus du reste.

« C'est maintenant que tu te soucies de mes désagréments ? » lui ai-je crié.

Lui qui m'avait toujours menti, qui avait simulé l'amour alors qu'il désirait autre chose, d'autres personnes. Lui qui m'avait trompée à chaque instant de chaque journée pendant toutes les années que nous avions passées ensemble. J'ai continué à crier de la sorte, jusqu'à ce que ma gorge et ma langue soient à vif. Il s'était forcé pour me satisfaire dans ce lit alors que je le dégoûtais, oui, je le dégoûtais, ai-je répété tandis qu'il faisait non de la tête. Je me suis laissée glisser dans l'encadrement de la porte, je me suis retrouvée assise par terre en pleurs, le nez qui coulait. Il s'est penché pour me caresser les cheveux.

« Je ne me suis jamais forcé et je n'ai jamais fait semblant avec toi. J'ai menti, oui, ça c'est vrai. »

Il m'avait entraînée dans son état de confusion. Mes accusations perdaient de la force.

« Je n'ai pas fait exprès, s'est-il défendu.

— Tu n'aurais pas pu comprendre plus tôt ? » répétais-je, la voix cassée.

Il s'était agenouillé. Il a pris mes mains furieuses entre les siennes et les a tenues serrées, il a réussi à les embrasser. Ça n'a duré qu'un instant, je me suis dégagée.

Je pouvais le détester, m'a-t-il dit, lui il continuerait de m'aimer, même contre ma volonté. Cela a été sa dernière promesse, et je crois que, au fond, il l'a tenue. Je revenais à Pescara un samedi sur deux, sur les traces de cet amour inflexible. Je le perçois encore, dans les endroits où j'ai été avec lui. Notre fidélité est si immatérielle.

Il s'est relevé, je l'ai entendu fermer la fermeture Éclair, trafiquer avec la valise et d'autres affaires dans le couloir, dans l'entrée et sur le palier. L'ascenseur est arrivé, il s'est ouvert. Je connaissais tous les bruits par cœur. Il est descendu avec lui.

J'ai donné des coups de poing au sol entre mes jambes, puis je me suis levée d'un bond et j'ai couru à la fenêtre qui donnait sur la rue. Une pluie fine et verticale tombait du ciel invisible. Piero est sorti, chargé, il s'était garé juste devant la porte. Il a rangé ses affaires dans le coffre, gardant sa raquette pour la fin. Il allait monter dans sa voiture et disparaître. Appelé par mon regard, il a levé la tête vers notre étage. Il a baissé sa capuche et est resté exposé à la pluie. J'ai appuyé mes mains contre la vitre. Je ne sais pas combien de temps nous sommes restés comme ça, la pluie collait ses cheveux à son front et dégoulinait sur son visage. Il est parti, mes doigts ont crissé sur le verre.

Je crois que la vente de l'appartement a été rapide. Ce n'était pas étonnant, étant donné son emplacement et sa vue sur la mer.

Le deuxième soir où elle était à Macerata, Adriana était assise à côté de moi sur le petit canapé vert. Elle m'a touché le coude.

« Amuse-toi en France, quand même, parce que si tu passes ton temps le nez dans tes livres tu risques pas de l'oublier », a-t-elle dit.

Nous étions en train de manger de la pizza, nous servant directement dans le carton.

« Comme ça, on salira même pas une fourchette », avait-elle dit en riant.

Après mon divorce, j'allais directement de l'université à l'appartement de Michela et vice versa, les variantes étaient rares. À la fin de la journée, je ne sortais pas avec elle dans les rues où les habitants de Chieti faisaient leur promenade du soir. À l'époque déjà, j'aimais écouter mes étudiants à la fin des cours, pendant qu'ils se préparaient à quitter la salle. J'interceptais leurs espoirs, leur élan vers l'avenir. Ils avaient hâte d'obtenir leur diplôme, de remporter des concours, d'être heureux. J'aurais voulu leur dire minute, le véritable cours commence maintenant. Vous vous faites des illusions. À cause d'un accident, d'une maladie, d'un séisme, vos rêves seront brisés. Vous vous perdrez.

Je restais silencieuse, enfilais lentement ma veste, prise de tendresse, ils étaient si jeunes, ils ne méritaient pas la vérité. Qui étais-je, pour la leur dire ? Peut-être que le sort les épargnerait.

Cette nuit-là, Adriana et moi avons parlé jusque tard. Pour terminer, elle m'a répété un ragot sur une de ses camarades d'école.

« Son amant a raconté à tout le village qu'elle fait des prodiges avec sa bouche », a-t-elle dit.

Elle imitait l'expression de son mari quand il avait entendu cela, en forçant le trait. Nous avons été prises d'un fou rire irrépressible, comme quand nous étions gamines. Nos corps se souvenaient de notre petit lit d'alors, nous nous sommes serrées l'une contre l'autre dans le sommeil, entremêlant nos chevelures.

Le matin, je l'ai laissée dormir. Son train ne partait qu'à midi, le mien à huit heures. Nous ne nous sommes pas saluées, j'ai préféré que les choses se passent ainsi. Elle ronflait, les cheveux ébouriffés et un pied dépassant du drap. Sur un bout de papier, je lui ai écrit de couper le gaz et de laisser la clé sur la table, la propriétaire passerait la chercher. J'ai utilisé comme presse-papier une baleine en caoutchouc, elle était pour Vincenzo.

J'avais une lourde valise, un sac à dos et un sac en bandoulière, j'ai appelé un taxi, pour une fois. Pendant le court trajet jusqu'à la gare, j'ai vérifié mes billets de train, les horaires des correspondances à Civitanova Marche, Bologne et Turin. Je verrais après la frontière pour celle à Chambéry. Un long voyage m'attendait.

23

Je vais la voir tous les jours, aux horaires de visite. On finit par pactiser, par se familiariser avec tout, même avec un endroit pareil. Ma sœur dort et change, ses hématomes virent du bleu au violet et au verdâtre. Ils se déplacent en suivant les règles de la gravité, ils se résorbent peu à peu.

Je me promène sur le front de mer après l'avoir quittée. Je renouvelle l'air dans mes poumons, et mes pensées se font plus légères. Les goélands posés sur un muret me regardent d'un seul œil.

Je ne suis pas allée dîner avec Piero, il a fini par arrêter d'insister. De temps en temps, il passe me chercher à la sortie de l'hôpital, je le salue devant l'hôtel et descends. J'ai l'impression que cette invitation reste pour lui en souffrance.

De nombreuses années se sont écoulées. Je me demandais parfois si je n'avais pas cessé de l'aimer la première, si je ne l'avais pas poussé dans une direction opposée à mon corps. Il me suffisait de peu pour penser que c'était moi la responsable.

À présent, il ne m'est pas difficile de renoncer à le voir. J'échange avec lui à petites doses, je défends l'équilibre que j'ai trouvé. Tel est mon choix, aujourd'hui.

Adriana a eu des crises, de l'hypotension, mais elle a passé le cap. Pendant notre entrevue d'hier, le docteur à la barbe géométrique a évoqué une nuit compliquée, des épisodes de convulsion, et j'ai eu peur d'en demander plus. Tous les matins, un kiné masse et stimule ses membres, autant que possible. Elle, elle continue de dormir, sous l'effet de l'Ipnovel et du Propofol. Elle ignore tout de ses flexions et extensions, du temps qu'il fait dehors, du monde et d'elle-même.

Ce médecin a une manière brusque et directe de communiquer les nouvelles. Il se protège, disent les proches des patients dans la salle d'attente, comme ça si ça tourne mal on ne peut pas se plaindre. Hier, il m'a demandé de but en blanc si elle avait déjà fait des tentatives de suicide par le passé. Ce n'est pas son genre, lui ai-je répondu, mais cela ne l'a pas satisfait. Comment elle est tombée de la terrasse, alors ? En étendant son linge, ai-je dit, agacée. J'ai chassé le visage de Rafael, qui m'était apparu dans un flash. Et ça ne me paraissait pas bizarre ? a insisté le médecin en jouant avec son stylo à ressort. Et ça ne lui paraissait pas bizarre, à lui, qu'elle ait étendu ses draps une seconde avant de se jeter ? Les accidents peuvent arriver. Ce n'était pas par curiosité qu'il me demandait cela, seulement pour m'engager à prendre en compte l'aspect psychologique de sa rééducation à venir. *Clic, clac.* En admettant que tout se passe bien. *Clic, clac.* Après le neurochirurgien, un orthopédiste l'a opérée, il lui a mis une broche endomédullaire sur la fracture de la diaphyse fémorale. *Clic, clac.* Même dans le meilleur des cas, elle ne rentrera pas à la maison en trottinant, sa récupération sera lente et progressive, il lui faudra des soins et de l'assistance. Il a posé son stylo et a répondu à la question qu'il a lue dans mes yeux. Au moins pendant un an.

Je n'avais pas envisagé de rester aussi longtemps. J'avais prévu jusqu'aux fêtes, début janvier tout au plus. J'imaginais mon retour à Grenoble après les vacances de Noël, les pelouses du campus enneigées. Il y a quelques jours de cela seulement, je me suis juré de renoncer à tout en échange de la vie d'Adriana, et maintenant je ne suis même plus prête à lui sacrifier une année. Mes résolutions sont si fragiles.

Ces dernières semaines, je n'ai pas pensé au colloque sur les écrivaines italiennes entre le XIXe et le XXe siècle. Il est au programme pour mars, je ne sais pas encore s'il faut le repousser. Certains collègues m'ont déjà confirmé leur présence, Martin-Gistucci anticiperait la sortie de sa nouvelle monographie sur Matilde Serao. Peut-être que je pourrais laisser Adriana pendant quelque temps, quand elle ira mieux. Les gens du Borgo l'aideraient et elle peut compter sur Vittorio.

Le soir de ma première visite ici, nous nous sommes retrouvés dans la salle d'attente.

« Tu ne m'as pas reconnu dans le couloir, ce matin », a-t-il dit.

Je lui ai tendu la main, mais il m'a serrée dans ses bras, ému.

« Je pourrai te parler, tout à l'heure ? » lui ai-je demandé.

Nous avons partagé en deux le temps de la visite. Quand il est sorti du service, il s'est assis un moment pour se remettre, je l'ai attendu. Nous sommes partis ensemble, en suivant les bandes colorées. Je l'ai interrogé sur son travail. Il dirige la construction des générateurs à Collarmele, avec cette extension ce sera un des parcs éoliens les plus importants d'Italie, a-t-il dit, fier. Je sais où il se trouve, sur cette montagne pelée avec vue sur les paysages décrits par l'écrivain Ignazio Silone.

Vittorio m'a proposé de prendre l'apéritif dans un bar sur la route. Nous n'avions pas envie de boire, mais la petite table dans le coin était au calme.

« À ton avis, qu'est-ce qu'il s'est passé, sur cette terrasse ? »

Je n'arrivais plus à retenir ma question.

« Elle seule pourrait nous le dire », a répondu Vittorio en regardant dehors.

Il est resté silencieux un moment, pendant que le serveur nous apportait nos tonics. Puis il a commencé à aborder de biais certains doutes, d'abord avec prudence. Peut-être qu'elle n'était pas seule, là-haut. Peut-être que quelqu'un l'avait rejointe, sûr de la trouver là. Au Borgo, tout le monde est au courant des habitudes de chacun, et en plus Adriana étend son linge en chantant. Peut-être que quelqu'un est monté, attiré par sa voix dans le matin. Quelqu'un qui a sonné au hasard, ou a profité de la sortie d'un habitant. Personne ne parle, personne dans l'immeuble n'a rien vu. Mais entre eux ils chuchotent au sujet des insultes qu'ils ont entendu crier, du hurlement strident et du bruit sourd final. S'il n'y avait pas eu ce store au premier étage, Adriana serait morte sur le coup.

« Rafael ? » ai-je demandé.

Il a à peine hoché la tête, un pli amer à la bouche. C'est pour ça que personne ne dit rien, c'est quelqu'un du quartier et les gens du Borgo ne se mêlent pas des histoires entre un homme et une femme. Ça fait des années qu'ils sont séparés, ai-je objecté. Jamais tout à fait, a-t-il dit en prenant son verre. Adriana faisait le ménage chez Rafael, « c'est le père de mon fils », se justifiait-elle. « Vincenzo ne doit pas voir cette porcherie », disait-elle en chassant les chats.

Il y a eu des disputes plus violentes, la dernière fois c'était au sujet de l'argent qu'il avait volé dans son portefeuille. Elle s'en est aperçue à la caisse du supermarché et elle est revenue chez lui pour l'affronter, bouillonnante de colère. Peut-être qu'elle ne s'attendait pas à cette réaction de la part d'un homme si affaibli.

« Il l'a rouée de coups mais elle a refusé de porter plainte. Elle a juste promis de ne plus jamais le revoir. »

Ça a duré quelques semaines, puis elle est retournée dans la maison verte sous un prétexte quelconque. Elle n'avait pas peur d'un mou du genou, disait-elle. Ou alors elle avait besoin de cette peur, qu'elle connaissait depuis toujours.

Les glaçons fondaient doucement dans le verre, Vittorio n'avait bu qu'une gorgée. Il remuait les cacahuètes dans le bol avec sa cuillère, sans les manger. Il pensait à elle et il était très fatigué.

« On m'a demandé si j'étais son mari, à l'hôpital. »

Il a répondu que oui, sinon on ne l'aurait pas laissé entrer.

« Et en réalité, qui es-tu pour Adriana ? »

Ils se voient plus souvent, a-t-il dit, évasif. Ils se retrouvent chez lui, dans le centre-ville, ils vont parfois au cinéma ou à la plage.

Ce n'est que ces derniers mois qu'elle l'a invité à déjeuner, un dimanche de temps en temps. Peut-être que Rafael l'a vu, ou que quelqu'un le lui a raconté.

Ce qui était tolérable de loin, il n'a pas pu le supporter au Borgo, où les commérages circulent de bouche en bouche. Peut-être qu'on se raconte des histoires, ai-je dit.

« Oui, mais regarde les bleus de ta sœur. Ils ne sont pas tous compatibles avec sa chute.

— Qu'est-ce que tu veux dire ?

— On voit des traces de main. »

Il est en colère contre Adriana, qui ne l'écoute pas. Si on va par là, elle n'a jamais écouté personne, mais ça, je ne le lui dis pas. Elle est impétueuse, elle mène une vie débridée. Elle tient cet homme sur des charbons ardents, elle lui donne un peu plus puis elle se dérobe, ce jeu dure depuis toujours. Certains après-midi, elle passe quelques heures chez lui, mais elle n'est pas amoureuse. Puis elle retourne à son fourgon. La normalité qu'il lui propose l'épouvante, elle y voit la mort.

Ce soir-là, Vittorio m'a raccompagnée à l'hôtel, Adriana était si présente dans la voiture que j'entendais sa respiration assistée.

Une figurine amusante était accrochée au rétroviseur central, je l'ai attrapée dans une de ses oscillations. Il s'est tourné vers moi et a souri, hochant la tête comme si je le lui avais demandé. Ce petit hibou comique et soyeux était un cadeau d'Adriana.

Le réceptionniste de nuit était déjà en service, il a posé ma clé sur le comptoir alors que je m'approchais.

« Avez-vous décidé combien de temps vous restez ? Comme ça, je vous bloque la chambre », a-t-il dit.

J'ai pris la clé et je suis restée silencieuse devant lui, cherchant une réponse.

« Je ne sais pas exactement, ça dépendra de combien de temps mes obligations me retiendront à Pescara », ai-je tergiversé.

Cependant, il fallait bien écrire quelque chose sur la réservation, a-t-il insisté, aimable mais ferme. C'était sans doute le propriétaire, vu son attitude. Je les ai soudain haïs, lui et son hôtel, son écriture rigide sur la page du registre. La clé me poissait la main.

« Eh bien écrivez que ma sœur est dans le coma et que je ne sais pas si elle va mourir ou se réveiller, ni quand. » Et j'ai pivoté sur mes talons, le laissant bouche bée.

Dans l'ascenseur, j'avais déjà honte et j'avais envie de m'excuser, pas auprès de lui, mais d'Adriana. C'était la première fois que j'évoquais sa mort. J'ai eu peur de l'avoir convoquée.

Je me suis assise sur le lit, je frissonnais sans ma veste. Un balbutiement d'hiver était entré avec moi dans la chambre, le froid de novembre. J'ai enroulé autour de mon cou l'écharpe posée sur le dossier de la chaise.

J'avais dans les oreilles l'écho des mots de Vittorio. Je ne connaissais plus Adriana, je ne la reconnaissais pas. De loin, j'avais cru la garder auprès de moi, mais il ne s'agissait que d'une représentation datée, d'un souvenir d'elle de quand nous étions jeunes et que nos rêves étaient encore intacts. Elle voulait ouvrir un restaurant de poisson dans la via Andrea Doria, à côté de la Dogana. Rafael aurait amarré sa barque juste devant et déchargé les cagettes remplies de cigales de mer agonisantes.

J'étais revenue tous les étés, pendant les vacances de Noël, et je n'avais rien vu. C'étaient des moments trop brefs pour saisir la vérité sur ma sœur. Nous nous racontions ce que nos vies avaient de meilleur, comme on le fait quand on habite loin.

Elle travaillait quand elle pouvait, elle élevait Vincenzo. Je me contentais de cela. Je ne sais pas comment Rafael et elle en sont arrivés là ; Adriana l'a accompagné dans sa déchéance.

Le jour de mon mariage, elle a arrangé ma traîne quand je suis entrée à l'église, il l'attendait dans la première rangée et lui gardait la place. Nos parents ne savaient pas que nous l'avions invité, mais pour une fois ils n'ont rien trouvé à redire. Il était beau, avec ses boucles fixées au gel, sa peau bronzée par ses sorties en mer, ses yeux noirs et brillants. Adriana s'est assise à côté de lui et a pris sa main. Il l'a admirée, dans sa robe rouge. De temps en temps pendant que le prêtre officiait, je jetais un regard dans leur direction, la main de Piero posée entre mes omoplates. Un papillon a volé jusqu'à l'autel, il s'est posé sur le drap de lin puis sur une des roses blanches. Nous étions tous si heureux, ce jour-là.

24

Elle ouvre les yeux, le voit. Elle ne sait pas à qui appartient ce visage, elle ne reconnaît pas l'endroit. Le dosage d'Ipnovel est au minimum, sa conscience revient à la surface. Quelque chose la gratte entre la langue et la gorge, un corps étranger qui y est logé depuis quinze jours. Elle voudrait l'arracher, mais sa main ne répond pas encore à ses commandes.

Elle tousse, s'agite. Dans la lumière crue, l'anesthésiste lui parle d'une voix calme, il lui dit où elle est et lui donne quelques autres informations. Il l'appelle par son prénom, elle l'écoute, surprise.

Il est huit heures du matin, elle n'a presque plus besoin d'assistance respiratoire, le taux de saturation d'oxygène dans son sang oscille entre 95 et 100. On éteint la machine, on peut continuer.

« Maintenant, on va vous enlever ce qui vous gêne dans la bouche », lui annonce le médecin.

Il articule bien pour qu'elle comprenne. Une infirmière est à côté de lui, c'est Lori qui est de garde.

« Ne bougez pas », lui recommande-t-elle, et elle lui sourit tout en aspirant les sécrétions trachéobronchiques dans un bruit de succion visqueux.

Deux semaines de soins convergent vers cet instant : l'anesthésiste dégonfle le ballonnet et extube Adriana.

Elle est libre. Elle reste bouche ouverte, les yeux écarquillés. Premières respirations, comme à sa naissance, sauf que cette fois-ci elle ne pleure pas. La contraction involontaire de son diaphragme ne suffit pas, elle sollicite son petit et son grand pectoral, ses muscles accessoires. Elle soulève autant que possible ses côtes et son sternum, l'air pénètre furieusement à pression négative et remplit ses poumons. Adriana en sent le souffle sur ses muqueuses, il entre et ressort, entre et ressort. Ce n'est plus de l'air enrichi ou stérile, c'est l'air impur du monde. Désormais, elle devra se défendre toute seule : poussières, virus et bactéries flottent, en suspension. Et toute la douleur qu'elle ne voit pas encore, sous contrôle dans les autres lits.

« Doucement, doucement, pensez seulement à respirer », dit le médecin, et il mime les mouvements, une paume sur sa poitrine. Elle le regarde, se fie à lui. Elle ralentit, répète quinze fois par minute l'acte nécessaire pour rester parmi les vivants. Elle le réapprend du début, au mitan de sa vie. Elle tousse parfois.

Les heures qui suivent, elle s'assoupit par moments, et éprouve le même égarement à chacun de ses réveils. Elle oscille entre l'être et le non-être. Quelqu'un veille en permanence sur elle, mais elle réussit quand même à arracher une électrode, puis le cathéter veineux central. Un concert d'alarmes se déclenche et son sang jaillit.

Au même moment, je suis sur un banc, j'essaie de lire le journal que j'ai acheté, mais mon chagrin pour elle me distrait. Elle a peut-être déjà repris connaissance, nue, seule, entre des mains étrangères, au milieu de personnes inconscientes. Je me demande dans quelle mesure elle se souvient d'elle-même.

J'imagine ce qui est en train de se passer, je me perds dans la lecture de l'article et renonce. J'attends de la voir, et le temps n'a jamais été aussi long.

J'écris à Christophe que je suis toujours en Italie, à lui de continuer à s'occuper d'Hector. Sa réponse ne se fait pas attendre, mon téléphone vibre dans mon sac : que je ne m'inquiète pas, je me rattraperai à mon retour. Je lui rappelle d'arroser les orchidées sur l'appui de ma fenêtre. Avant de partir, je lui ai laissé les clés de chez moi dans la boîte aux lettres. Il n'a pas oublié, écrit-il. Des points d'exclamation suivent, ainsi que *bisous*[1]. Il doit être devant un ordinateur, ses lunettes un peu de guingois sur son nez. Je lui adresse un sourire depuis ici.

Entre-temps, Lori a lavé le visage et les cheveux d'Adriana et les a séchés. Elle attache sa queue-de-cheval à l'aide d'un autre filet tubulaire.

« Il faut vous faire une beauté, lui dit-elle. Votre sœur ne va pas tarder. »

Je la trouve assise dans son lit redressé. Je croyais être prête, mais son regard anéantit toutes mes résistances. Je l'étreins comme un corps fragile, je comprends soudain que j'ai failli la perdre. On lui a enfilé une blouse imprimée de motifs géométriques et je lui pleure dessus. C'est ma manière de fêter sa vie.

1. En français dans le texte.

« Pourquoi je suis à l'hosto ? s'indigne-t-elle.

— Tu es tombée, tu ne t'en souviens pas ?

— OK, mais maintenant je rentre à la maison », et elle soulève son drap.

Elle regarde avec curiosité ses jambes amaigries, son plâtre et la plaie encore fraîche sur son autre cuisse. Elle passe son index sur les traces des points de suture puis essaie de bouger pour descendre de son lit et un gémissement lui échappe. Elle est encore trop faible, je lui dis qu'elle doit se montrer patiente.

« Tu as été opérée du fémur, tu vas avoir besoin de rééducation. »

Elle me jette un regard effrayé.

« Je serai là pour t'aider. Je t'emmènerai aux séances, je ne repars pas », et je prends sa main redevenue légère après ces jours où elle pesait, inerte.

« Tu as ramassé le linge que j'ai étendu ? demande-t-elle comme si les faits dataient de quelques heures seulement.

— Oui, je l'ai même plié et rangé. »

Elle ferme les yeux et hoche plusieurs fois la tête avant de se rendormir. Son sommeil dure quelques minutes, puis elle se réveille, pleine d'appréhension.

« Vincenzo va sortir du lycée et j'ai rien préparé à manger.

— Aujourd'hui il va déjeuner chez Rosita, et ce soir il viendra te voir, je la rassure. Ne t'inquiète pas, il est grand maintenant, il se débrouille tout seul.

— Qu'est-ce que t'en sais, toi ? » réagit-elle vivement.

Je ne peux pas comprendre tout ce qui concerne les

enfants, je suis habituée à cette ritournelle, qui ne me blesse même plus. Je ne regrette pas les enfants que je n'ai pas eus. À certaines périodes ils m'ont manqué, mais je n'en ai jamais vraiment voulu. Je pouvais exister sans.

Nous restons silencieuses pendant un moment, dans ces retrouvailles si différentes des autres.

« T'aurais chialé si j'étais morte ? finit-elle par demander.

— Évidemment, quelle drôle de question.

— À l'enterrement de maman, t'as pas versé une larme, c'est pour ça que je demande. »

Qu'est-ce qu'elle en sait, elle qui est arrivée à la fin, lui fais-je remarquer de si nombreuses années après.

« Ça se voyait à ta figure », répond-elle avec assurance.

Elle essaie de se tourner sur le côté, elle se recroqueville dans sa position favorite pour dormir. Elle bouge avec prudence, aucune alarme ne se déclenche.

« En sortant, va au Borgo, à l'église Gesù Maestro et dis une prière.

— Quelle prière ?

— Une que tu connais par cœur. Pour Vincenzo et moi, et pour toi aussi, tant qu'à y être. »

Je voudrais lui poser des questions, mais elle ne m'écoute pas.

« Et si tu croises le curé, Giorgio, passe-lui le bonjour de ma part », et déjà sa voix s'enfonce dans la nuit.

Je la regarde pendant un moment, dans son sommeil presque naturel. L'horaire des visites est terminé et les proches s'éloignent des lits pour emprunter le couloir. Aujourd'hui, mon pas est léger sur le lino.

J'ai tout l'après-midi devant moi et pas du tout faim. Je vais à pied au Borgo, réfléchissant à la demande de ma sœur. Dans la queue de voitures au feu rouge, une écolière aux tresses blondes me fait coucou de derrière la vitre.

Une prière, c'est ce que veut Adriana, et moi je n'en connais plus. Quand j'étais petite, je les connaissais toutes par cœur. Ce n'est pas vraiment que je les aie oubliées, mais quand j'essaie d'en murmurer une, elle sonne faux. Comme le signe de croix quand j'entre dans une église juste pour la visiter. J'ai arrêté de croire il y a si longtemps. Pourtant, une mystérieuse gratitude pour ce salut est en train de naître dans ma bouche.

Sur le pont, un scooter sans pot d'échappement m'assourdit en passant, j'attends que le bruit se perde en zigzag dans les embouteillages. Au loin, l'autre pont, il Ponte del Mare, avec ses haubans, suspendu au-dessus du mélange d'eau douce et salée de l'embouchure. Non loin, la grande roue est arrêtée. Je voudrais y aller avec Adriana, quand elle pourra. J'entends déjà ses cris quand nous serons en haut, et ses rires.

Je m'inquiète pour sa jambe, j'en ai parlé hier avec l'orthopédiste. Le problème, c'est le nerf fémoral, a-t-il dit, il faut voir comment elle récupérera dans les prochains mois. Je n'arrive pas à l'imaginer boiteuse, c'est pour cela que je dois prier. Et aussi pour que finisse la malédiction que ma mère lui a jetée au cours d'un après-midi lointain.

Je vois l'église dont elle parle, au Borgo, elle est au rez-de-chaussée d'un immeuble, et sa porte donne sur la place. Elle a des fenêtres rectangulaires et son enseigne au néon reste toujours allumée, les pêcheurs peuvent la voir quand ils quittent leur maison dans la nuit pour partir en mer.

Je m'y rends, en plein après-midi. D'ici peu, je m'assiérai sur un banc sans aucun doute vide et formulerai des vœux pour l'avenir d'Adriana. Qu'elle se défasse du mariage secrètement célébré un dimanche de mai à Punta Penna, dans l'église donnant sur la mer. Elle me l'avait raconté des mois après, les témoins avaient été Rosita et Antonio. Cette fois, c'est moi qui l'accompagnerai, chez un avocat.

Quant à moi, j'attends sereinement mon retour à Grenoble. L'air des vallées, l'humidité des deux rivières et même les particules fines me manquent. La vue sur les montagnes depuis les rues de la ville me manque. Je sais quoi demander, pas à qui. Le ciel de novembre est vide et limpide. Seules les lois éternelles qui président au mouvement des étoiles et au cycle des saisons sur la Terre apporteront une bonne fortune à Vincenzo, et peut-être un peu de paix à ma sœur. C'est là mon unique prière.

Un remerciement particulier aux femmes et aux hommes du Borgo Marinaro de Pescara.

Découvrez le début du prochain roman de Donatella Di Pietrantonio, à paraître aux Éditions Albin Michel :

L'Âge fragile

TRADUIT DE L'ITALIEN PAR LAURA BRIGNON

Édition originale parue en Italie sous le titre : L'ETÀ FRAGILE.

AMANDA

1

Le désordre que je trouve chaque matin me rappelle que je ne suis plus seule. Amanda est revenue, je regarde autour de moi et bute sur ses traces : une assiette avec un bout de pain grignoté sur l'accoudoir du canapé, un fond de boisson dans un verre. La couverture est roulée dans un coin, à côté du livre abandonné, toujours aux mêmes pages.

Ces derniers temps, mon sommeil a perdu de sa légèreté, je n'entends plus Amanda se déplacer dans l'appartement. Parfois seulement, quand je me retourne dans mon lit, ses pas tardifs font vibrer le sol de ma chambre.

Je ne sais pas à quelle heure elle se lèvera. Je bois mon café, pose des biscuits et l'unique tasse rescapée de son adolescence sur la table. Le soleil tombe dessus, il illumine la vache avec une touffe d'herbes dans la bouche.

Je laisse le pot à lait vide sur le gaz, ce qui signifie : « Fais-toi chauffer du lait. » Elle pourra en verser dans le reste de café ou bien ignorer mon message. Elle pourra apprécier mon attention ou s'agacer d'être traitée comme une gamine.

Je ne comprends pas ses horaires de travail, si on peut appeler cela un travail, ses départs et ses retours à la maison me semblent imprévisibles. Chacune de mes questions à ce sujet l'irrite. J'essaie de la croiser au moment des repas.

Je vérifie qu'il y a quelque chose de nourrissant dans le frigo, au cas où elle sauterait le petit déjeuner. Les coquilles parfaites des œufs me rassurent. Elle est toujours maigre, ma fille.

J'enlève chaussures et pantoufles du tapis, je débarrasse le canapé. Si quelqu'un venait, j'aurais honte qu'il voie ce désordre. Sous la couverture, le téléphone d'Amanda est éteint.

Je peux sortir. *Aujourd'hui, je suis chez papi*, lui écris-je sur un bout de papier. Je le pose à côté du vase de tulipes jaunes. J'ajoute un cœur, que j'efface aussitôt.

2

Mon père habite à mi-chemin entre le village et la montagne. Ce matin, il n'est pas aux champs, mais assis sur la pierre de l'âtre, contrarié. À la maison, il s'ennuie, lire une page du journal le fatigue et la télévision ce n'est que du bla-bla.

« Il faut que tu m'accompagnes quelque part. »

La journée est d'une limpidité presque blessante. Il n'a jamais porté de lunettes de soleil, il plisse les paupières quand un rayon l'éblouit. Sa vieille Brava monte virage après virage, une de mes oreilles se débouche, puis l'autre, et j'entends plus distinctement le moteur. Il est absorbé par la conduite, son profil tressaute à chaque nid-de-poule, il a le nez de plus en plus tranchant, les lèvres pincées. Soudain, il s'extrait de ses pensées, me demande comment va Amanda.

« Elle dormait », je lui réponds, et nous ne disons plus rien.

Devant nous, la montagne. Le vert tendre grimpe en altitude, colore la hêtraie séculaire et l'espace que les bergers appellent « le nu », où les arbres arrêtent de pousser, laissant place à la prairie. Au-delà, c'est encore l'hiver.

Au fur et à mesure, la route lui devient plus familière ; allez savoir combien de fois il l'a parcourue à pied, quand ce n'était qu'un chemin de terre ou un sentier. Il pourrait conduire les yeux fermés, maintenant. Il regarde par la vitre : il est né là-haut, au niveau des champs cultivés, et, vingt-cinq ans après, je suis née à mon tour. Cette vallée, il y a été jeune, moi, seulement enfant. Ensuite, nous avons déménagé là où il habite toujours. Ici, il a chassé et parfois braconné.

Cela fait très longtemps que nous ne sommes pas allés à la montagne ensemble, je ne saurais dire depuis quand. Il entrouvre la vitre, inspire profondément. Il oublie son emphysème et sa sténose aortique, ses joues creuses se ravivent. L'air qu'il a laissé ici lui a toujours manqué.

Nous arrivons à destination, il se gare sur le bas-côté.

Le cabanon de la Shérif tient encore debout, même sans elle. Je me rappelle quand je m'asseyais aux tables de l'esplanade parmi les randonneurs, dans la fumée des *arrosticini*, les brochettes de mouton. Ou bien j'aidais au service, quand il y en avait besoin.

Les hêtres frôlent presque le toit de leurs feuilles tout juste ouvertes.

« Cette parcelle de forêt est encore à nous, garde-le à l'esprit pour plus tard », dit mon père en indiquant le patrimoine naturel de sa famille.

« Plus tard », c'est quand il ne sera plus là. Je pourrai déposer une demande aux Eaux et Forêts et couper du bois pour l'hiver, m'explique-t-il. Il sait que je ne le ferai pas, il n'a jamais vu la cheminée allumée chez moi.

« Tu m'as emmenée jusqu'ici pour me laisser la forêt ? dis-je pour plaisanter.

— Il n'y a pas que ce que tu vois. »

Il traverse la route et emprunte une petite allée envahie par l'herbe. Je suis à contrecœur sa démarche douloureuse, je sais ce qu'il y a dans cette direction.

L'enseigne du camping n'était pas ainsi dans mon souvenir, elle a perdu quelques lettres et le M est à l'envers, ce qui le transforme en W. Une branche de roncier s'enroule autour du portail fermé par un cadenas, j'ignorais que mon père avait une clé. Il pousse le vantail, dépasse le tas de ferraille sur la terre herbeuse, continue vers les quelques bâtiments en dur abandonnés et détériorés. Sous un auvent, la rangée de lavabos pour les clients, certains vandalisés, de même que les portes des toilettes dégondées. Nous longeons la piscine, lui toujours quelques pas devant moi. Déchets et branches cassées au fond du bassin, où pousse un arbuste indécis, incongru. Plus loin, les emplacements des tentes ont disparu, la végétation a repris ses droits.

« Tu veux bien me dire ce qu'on fait là ? Qui t'a donné la clé ?

— Je voulais que tu voies dans quel état est cet endroit. »

Je hausse les épaules, j'ai vu, on peut repartir. Cet endroit ne m'intéresse pas.

« Ici aussi ça t'appartiendra, plus tard », dit-il.

Un signal d'alarme monte de mon ventre, me noue la gorge.

« Ce n'est pas possible. Tu l'as vendu, ce terrain. »

Il a essayé pendant longtemps, mais il n'a pas réussi, avoue-t-il.

Je reste un moment silencieuse dans le chœur des oiseaux. À intervalles réguliers, le solo du coucou.

« Après le drame, personne n'en voulait, même pas à prix cassé. » On dirait qu'il veut se justifier.

« Moi non plus je n'en veux pas, cet endroit fait peur. »

J'ai élevé la voix, l'écho me renvoie les dernières syllabes. Il m'appartiendra forcément, je suis sa seule héritière.

« Un de ces jours, on ira chez le notaire pour la donation. »

Ce pouvoir que mon père exerce encore sur moi : celui des décisions déjà prises, irrévocables.

« Je la refuserai, j'ai déjà assez de problèmes. »

Je lui tourne le dos et repars vers la voiture. Je n'entends plus les chants d'amour de la forêt. Cette renaissance d'avril ne me concerne pas.

RETROUVEZ
DONATELLA
DI PIETRANTONIO
AU LIVRE DE POCHE